라
자
린

라
자
린

1판 1쇄 찍음 2014년 4월 3일
1판 1쇄 펴냄 2014년 4월 8일

지은이 | 거 해
펴낸이 | 정 필
펴낸곳 | 도서출판 뿔미디어

편집장 | 이재권
기획 · 편집 | 윤영상
편집디자인 | 이진선

출판등록 | 2002년 9월 11일 (제081-1-132호)
주소 | 경기도 부천시 원미구 상동로 117번길 49(상동) 503호 (우)420-861
전화 | 032)651-6513 / 팩스 032)651-6094
E-mail | bbulmedia@hanmail.net
홈페이지 | http://bbulmedia.com

값 8,000원

ISBN 979-11-7003-307-3 04810
ISBN 979-11-7003-235-9 04810 (세트)

라자린

모험의 시작

거해 판타지 장편 소설

BBULMEDIA FANTASY STORY

contents

외전
타락한 드래곤

RAJARIN

키릭은 일순간 자신을 압박하던 힘이 약간 느슨해지는
것을 알았다. 더불어 엄청나게 쏟아지던 물방울들의 숫자도
줄어들었음도.

숨을 크게 한 번 들이킨 키릭이 오른쪽 다리를 들었다가
강하게 땅을 찍었다.

파아아아아!

고였던 빗물들이 허공 높이 퍼지며 장막을 형성했다.

이런 과정은 그야말로 찰나. 그리고 물의 장막을 뚫고 키
릭이 날았다.

왼팔에 가득 푸른 기운을 머금고 헤테르프에게 돌진한
키릭.

그녀의 눈은 여전히 데일에 닿아 있었다.

뭔가가 잘려 공중으로 퍼졌다.

턱.

어느새 키릭은 헤테르프의 뒤쪽으로 내려선 상태였고 곧바로 몸을 돌려 헤테르프에게 얼굴을 향했다.

'젠장.'

키릭의 표정이 좋지 못했다.

목을 베어 내고자 하였으나 마지막 순간 그녀와 눈이 마주쳤고 그 원망 어린 눈이 전신을 훑고 지나가자마자 아까의 압력이 다시 느껴졌다.

세이비어의 궤적이 뒤틀리면서 목이 아닌 머리 위쪽으로 솟구쳤다.

잘라 낸 것은 그녀가 쓰고 있던 후드의 일부였고, 머리칼이 함께 잘려 너울거렸다.

완전히 드러난 헤테르프는 상당한 미인이었다.

다만 그녀의 눈동자에 아른거리는 검붉은 광채로 인해 그 아름다움을 느낄 수 없었다.

비숍과 폰, 키릭 사이에 헤테르프가 홀로 섰다.

양쪽에서 동시에 공격을 받을 수 있는 상황.

그러나 이 순간, 어느 누구도 그녀를 향해 공격을 시도하지 않았다. 아니, 못했다.

헤테르프에게서 풍기는 차갑고도 불길한 무언가가 사방으로 퍼져 나가고 있었기 때문이었다.

"……인간의 육체."

꿀꺽.

헤테르프가 말을 시작하자 비숍이 침을 삼키며 긴장을 드러낸다.

"인간의 마음."

키릭이 천천히 전진을 시작했다.

"인간의 기억."

스르릉.

땅을 끌고 올라온 세이비어가 헤테르프의 안면 쪽에 정확히 고정되었다.

"제가 긴 시간 동안 울고 또 울면서 잊고자 했던 것들이 있는데, 전 아직도 그것에 사로잡혀 있었나 봅니다."

그릉…….

그녀의 목소리에 섞여 기이한 울음이 흘러 나왔다.

쉬이이잉—

바람이 빠르게 그녀의 주변에 모여들었다.

쏟아지는 빗물이 기이한 각도로 꺾여 마찬가지로 헤테르프를 향했다.

여관 건물들 근처에 심어진 나무들이 잎을 떨구며 일제히 그녀에게 가지를 뻗는다.

이런 놀라운 현상에 키릭도, 폰도, 비숍도 잠시 얼어붙었다.

그저 마법의 일종이라 판단하기에는 그 정도가 보통이 아니었다.

이런 분야의 지식이 일천한 키릭조차 무거운 걸음을 거두었으니.

"흔한 마법은 아니로군."

분명 내부에 응축했던 마력을 외부로 분출하는 전형적인 방식이 아니었다.

오히려 바깥의 에너지를 빨아들이는 모습.

지난번 보았던 블랙 미디엄의 효과와 달랐다.

또 키릭의 창조에 버금가는 푸른 불꽃과도 확실히 차이가 있다.

파지직!

헤테르프의 몸에서 환한 빛이 뿜어져 나왔다.

그리고 조금씩, 조금씩 피부가 갈라지며 그 아래에서 더욱 강렬한 빛이 샌다.

팟!

키릭은 압력이 느슨해진 틈을 타고 빠르게 헤테르프에게

쇄도했다.

야생동물을 능가하는 그의 감각은 지금 공격하지 않으면 더 좋은 기회를 맞이하기 힘들다는 사실을 알려 주었다.

그어어어어—

세이비어가 바람을 가르자 마치 괴수가 울부짖는 소리가 들리고, 이 묵직한 궤적에 걸리는 모든 것을 끊어 낼 것만 같았다.

팅!

하지만 그것으로 끝이었다.

그녀의 근처에 이르기도 전에 단단한 무언가에 부딪힌 듯 세이비어가 튕겨 나왔다.

키릭은 망설이지 않았다. 주먹 가득 푸른 불꽃을 담고 그대로 세이비어를 막은 방어막에 꽂아 넣는다.

파파파파팟!

뚫었다.

마검조차 튕겨 낸 방어막이 키릭의 주먹에 무너졌다.

그러나 이 강력한 공격은 더 이어질 수 없었다. 키릭의 주먹은 정확히 헤테르프의 머리 근처에서 정지했다.

"크으윽!"

이를 악문 키릭은 방어막이 팔을 조여 오는 고통에 신음했다.

조금만, 조금만 더 힘을 가했더라면 이 귀찮은 마법사의 머리통을 산산조각 내 버렸을 텐데.

"……오랜 세월은 당신들에게 독이 되었군요."

그사이에도 주변의 수많은 자연물들은 헤테르프를 향해 고개를 숙이며 그들의 에너지를 바치고 있었다.

휙!

헤테르프가 키릭 쪽으로 고개를 돌렸다.

이미 그녀의 얼굴은 그물로 뒤덮인 듯 잔뜩 갈라져 하얀 빛을 방출한다.

그리고 그녀의 눈.

도마뱀의 그것과 너무나도 흡사했다.

키릭을 향해 헤테르프가 빙그레 웃었다. 잘 가라는 인사처럼.

푸아앗!

태양을 방불케 하는 빛이 그녀를 중심으로 퍼졌다.

비숍과 폰은 갑작스러운 광휘에 눈을 감은 채 몸을 돌렸다.

잠시 후, 그들이 눈을 떴을 때 바로 앞에 키릭의 넓은 등이 보였다.

몸 전체에서 열기를 피워 올리며 정면을 주시하는 키릭에 가려, 앞의 상황을 둘은 볼 수 없었다.

"대체 무슨……."

비숍이 머리를 슬쩍 내밀어 키릭이 바라보는 쪽을 함께 살폈다.

비숍의 몸이 순식간에 굳었다.

"으…… 으어…… ."

비숍은 보았다.

그림책에서나 보았던, 초고대의 생명체를.

그것은 바로 드래곤.

코끼리만큼 커다란 몸. 길게 말린 꼬리에는 수십 개의 가시가 뻗어 나와 그 끝에서 연기를 올린다.

단단하게 땅을 밟고 선 두 다리는 이미 바닥의 돌들을 잘게 분해시키고, 긴 팔은 박쥐의 그것처럼 뻗어 나가 거친 피막을 형성한 상태.

푸르스름하게 빛나는 피부는 파충류의 것에 다름이 없었으며 긴 목에 돋아난 비늘은 일제히 키릭을 향해 날을 세우고 있다.

정말 꿈에도 보고 싶지 않은 전설의 생물, 드래곤.

목 끝에 자리한 거대한 머리 주변에 열 개의 뿔이 둥글게 나와 무시무시함을 더해 주었다.

그르르.

길고 날카로운 이빨들이 잔뜩 달려 있는 입에서 입김과
함께 낮은 으르렁거림이 일었다.

풀썩.

비숍이 먼저 바닥에 주저앉았다. 폰은 무슨 의지인지 덜
덜 떨리는 다리에 힘을 주어 버텼고.

"그냥 괴물이 아니었군. 확실히 주절거린 만큼은 돼."

—죽어 다시 태어나라.

"전에 들어 본 것 같은 말이다."

—형제들의 피, 너의 심장으로 대신하리라.

퉁! 퉁!

키릭이 자신의 가슴을 두 번 때렸다.

"좋아!"

*   *   *

책상다리 여관 옆, 햇살 여관의 주인 험코는 밖에서 들리
는 시끄러운 소리에 눈을 떴다.

그리고 인상을 쓰며 침상에서 일어나 소란을 피우는 사
람들에게 한 소리하기 위해 창가로 다가갔다.

"어?"

비교적 넓은 공터는 어둠에 가려져 있었지만 이상하게도 평소보다 비좁아 보였다.

"이건 또 뭐야."

중얼거리며 창문을 열고 자세히 바라본 자리에 무언가가 있었다.

"이봐! 거기!"

일단 험코는 소리를 치며 바깥 동정을 살폈다.

책상다리 여관 입구 쪽에 사람들이 모여 있는 것이 보였다. 거기 있는 사람 하나가 자신을 바라보자 더욱 험한 목소리로 나무랐다.

"이 새벽에 무슨 소란이오! 잠 좀 잡시다!"

상대는 창백하게 질린 얼굴로 고개를 흔들며 당황한다.

"거 참······."

험코는 혀를 차며 비 내리는 공터에 시선을 주었다.

"······."

그곳에서 거대한 덩어리가 꿈틀거렸다.

코끼리? 아니면 기린?

예전 대륙을 순회하는, 희귀 동물들을 모아 둔 동물원에서 본 것 같은 기이한 형체를 한, 무척이나 큰 짐승이 있었다.

그리고 그것이 뱀처럼 구불거리는 목을 돌려 험코를

바라본다.

"흑!"

험코는 돌처럼 굳어 버린 자신을 제어할 수 없었다.

새빨간 아래에 검은 안개 같은 것이 일렁거리는 짐승의 눈을 마주하자 온몸의 근육과 신경이 삽시간에 기능을 잃었다.

감당할 수 없는 공포가 왜 밀려오는지 험코는 이해하지 못했다.

그저 당연히 두려워해야만 하는 죽음과 마주한 기분.

짐승이 입을 벌렸다. 빽빽하게 안쪽을 차지한 이빨들이 빗물인지 침인지 모를 것들을 줄줄 흘린다.

머리가 새하얗게 비어 버린 험코.

그의 눈에 악어의 아가리 속처럼 어두운 곳에서 조금씩 환한 빛이 올라오는 광경이 비쳤다.

슈우우웃!

콰아아아아아아!

"맙소사."

비숍이 떨리는 목소리로 드디어 입을 열었다.

"……블레이즈. 드래곤의 불지옥."

폰이 중얼거리는 소리를 듣고 비숍이 이를 악물었다.

헤테르프, 아니, 타락이라는 이름의 드래곤이 큰 입을 벌려 화염을 쏟아 내는 광경은 공포 그 자체였다.

순식간에 삼층짜리 여관 하나를 그 주인과 함께 불태워 버리는 모습은 지금껏 누구도 볼 수 없었던 충격적인 장면이었으니까.

화르륵!

어마어마한 불길이 솟았다.

그리고 주변의 여러 건물들에서 사람들이 웅성거리기 시작했다.

"끝장을 보자는 거로군. 대놓고 모조리 파괴하시겠다는 의지의 표현인가?"

키릭은 화염에 비친 타락을 차분히 응시하며 입을 열었다.

타락이 성큼 다가왔다.

"아, 뭔 일이야?"

책상다리 여관 홀을 가로질러 커트가 뛰어나오며 소리쳤다.

그는 원래는 어제 헤어지기로 했으나 데일이 심하게 아파 작별 인사를 제대로 못했다며 데일이 정신을 차릴 때까지 더 머물기로 했었다.

그것이 그의 운명을 바꿔 놓을 줄은 모른 채.

"커흡!"

짜증스럽게 투덜거리던 커트는 밖에서 솟는 불길을 보고 먼저 놀랐고, 다음으로 그 불에 비친 끔찍한 형상의 괴물을 보고 다시 기겁했다.

그리고 그 괴물은 자신들을 향해 천천히 몸을 움직이고 있다.

크르르.

타락의 입에서 몇 가닥 불줄기가 흘러내렸다.

"왜 바로 공격을 안 하지?"

여전히 파랗게 질린 모습이지만 어느 정도 침착성을 되찾은 비숍이 뒤에서 덜덜거리는 커트를 일별한 후 말을 꺼냈다.

"뭔가를 기다리는 것 같다. 아니면 공격하지 못할 사정이 있거나."

키릭은 폰의 말에 천천히 머리를 돌려 그의 등에 업힌 채 잠들어 있는 데일에게 눈길을 주었다.

"그렇군……."

키릭이 중얼거리자 폰도, 비숍도 눈치를 챘다.

"저놈의 목표는 오로지 나야. 너희는 안중에도 없지. 이 도시 전체를 파괴하더라도 나만 없애면 저 괴물은 만족할 거야. 한데……."

"데일 때문?"

"무슨 이유인지는 모르지만 아마도."

알려진 바로는 드래곤이 인간이라는 미물을 배려한다는 이야기는 없었다.

물론 아르 호바가 아닌, 제르 호바 이후의 얘기지만.

키릭에게 막강한 드래곤 블레이즈를 쏘아 내, 뒤의 인간들 모두를 태워 버리는 정도는 타락에겐 아무것도 아니다.

그러나 타락은 그러지 않는다.

아까 키릭의 검에 후드와 머리칼이 베어질 때, 타락의 눈은 데일에게 가 있었다.

부드러움이 가득한 빛을 띠운 채.

"놈은 데일을 해치고 싶은 생각이 없다. 덕분에 우리에겐 좋은 방패가 생긴 셈이지."

키릭은 데일을 '방패'라 칭하며 북부 전사다운 무정함을 드러냈다.

그 말에 기분이 상한 폰이 무어라 말하려는 순간, 찢어지는 듯한 굉음이 공간을 뒤흔들었다.

"흐어억!"

키릭을 제외한 전원이 귀를 틀어막으며 고통에 몸부림쳤다.

일정한 공간에 존재하는 모든 것들이 크게 흔들렸다. 건물들은 위태롭게 진동하며 조각난 파편들을 날렸고, 가까이에 있던 나무들이 뽑혀 멀리 날아가 버렸다.

콰르르르.

불타던 여관 건물이 일시에 무너졌다. 그리고 불이 옆 건물들에 옮겨 붙어 재앙의 시작을 알린다.

타락이 토해 낸 드래곤 로어는 그가 원하는 범위에, 원하는 정도의 파괴력을 발휘하도록 조절한 듯했다.

일설에 따르면 강력한 포효는 그 음파가 닿는 모든 곳을 먼지로 만든다고 했기 때문이다.

"으그그극."

고막이 터진 커트가 그제야 정신을 차려 눈물을 쏟으며 허우적거렸다.

크르릉!

타락이 몸을 일으켰다. 날개를 활짝 펼친 그의 모습은 더욱 기괴스럽고 잔혹해 보이기만 했다.

후우우우―

숨을 크게 들이키는 걸까. 타락의 입으로 주변의 에너지가 급속도로 흡입되었다.

"제기랄! 화염이다."

비숍이 절망 어린 음성으로 말했다.

뚝.

공기의 흐름이 끊김과 동시에 키릭이 왼손으로 검면을 받쳐 앞으로 쭉 내밀었다.

쿠아아아아아아!

또다시 강력한 드래곤 블레이즈가 쏘아졌다.

이들의 예상을 무참히 깨 버리고 정확히 키릭과 일행들을 향해서.

일직선으로 뿜어진 화염이 이들에게 꽂혔다.

비숍과 폰은 이제 죽었구나 생각하며 눈을 꼭 감았다. 그러나 잠시 후, 이들은 무척이나 뜨겁다는 느낌과 더불어 자신들이 살아 있음을 알고 눈을 떴다.

그리고 그들은 눈앞의 광경에 경악을 금치 못했다.

스치는 모든 것을 녹여 버린다는 용의 화염이 자신들 앞의 거인에게 가로막혀 넓게 원을 그리며 사방으로 비껴 나가고 있었다.

거인, 키릭이 세이비어를 매개로 하여 완벽히 펼쳐 낸 '베텔기우스의 방패'가 화염으로부터 이들을 지켜 준 것이다.

순식간에 땀이 솟아 나오다 곧 증발해 버린다. 이글거리며 공기를 흡수해 버리는 가공할 열기. 그럼에도 키릭과 일행들은 아직 살아 있다.

키릭은 지금 혼신의 힘을 다해 타락의 드래곤 블레이즈에 맞섰다.

지난번 늪 속의 괴물을 날려 버린 것과 비슷한 정도로 창조의 능력을 개방하고서.

"끄으……."

저도 모르게 입에서 신음이 흘러나온다.

과연 저 미친 용의 화염 공격을 언제까지 받아 내야만 하는 것일까.

생각은 길게 이어지지 않았다.

키릭과 일행들이 자리한 공간을 제외하고 책상다리 여관과 그 주인이 찍 소리도 못하고 증발해 사라질 때쯤, 타락이 목을 좌우로 흔들었다.

화염의 줄기가 그 길을 따라 움직이며 주변의 수목과 건물들을 태웠다. 상상도 하지 못했던 타락의 행동에 모두가 넋을 잃어버린다.

"너, 말더듬이."

키릭이 폰의 정신을 깨웠다.

"데일을 데리고 도망쳐. 아무래도 방패로서 기능을 상실한 것 같군."

치이익.

비가 키릭의 철구와 세이비어에 떨어지며 증발하는 불쾌한 소리가 이들의 귀를 간질였다.

"하, 함께 어떻게든……."

비숍이 힘없이 입을 열었다.

"헛소리. 여기서 나를 제외하고 미친 용의 공격을 받아낼 자가 있나?"

그 사이에도 타락은 계속 화염을 뿜어 대며 보이는 모든 것들을 파괴하고 있었다.

"지금이 기회다, 어서!"

폰이 벌떡 일어나 뒤편 골목으로 달려 들어갔다.

"비숍."

"……."

"네 임무, 어쩌면 실패할 것 같다. 날 국립 대학교에 입학시킨다는."

"앞으로 네 사부와 마주치지 않기만을 기도해야겠군."

쿵!

타락이 미친 듯이 뿜어내던 화염을 거두고 피막이 달린 두 팔로 땅을 찍는다.

이성을 잃은 것처럼 보였던 모습은 이제 없다.

"셋 하면 그 기절한 병사를 데리고 네 동료를 따라가. 너희 둘이면 충분히 데일을 보호할 수 있겠지. 어차피 저 드래곤은 내가 상대할 테니까."

쿵! 쿵!

타락이 점점 빨리 키릭에게 돌진해 왔다.

"셋!"

하나, 둘을 생략하고 바로 셋을 외쳐 버리는 키릭. 비숍은 전혀 당황하지 않고 커트의 뒷덜미를 잡고서 펄쩍 뛰어 자리를 벗어났다.

쿠아아아아!

타락이 괴성을 지르며 거대한 머리를 들었다 내려쳤다.

코 위쪽으로 삐죽 솟아 있는 뿔은 날카롭기도 했지만, 그 길이 또한 키릭의 세이비어에 뒤지지 않았다.

콰앙!

타락의 뿔과 세이비어가 부딪쳤다.

바로 코앞에 전설의 드래곤이 있다.

단단해 보이는 피부, 콧구멍에서 거칠게 새어 나오는 하얀 숨, 말려 올라간 입술 아래에 번뜩이는 이빨들. 무엇보다 끔찍한 것은 동공 없는 검붉은 눈이었다.

끼긱! 끼기기긱!

인간과 드래곤이 힘을 겨루었다. 누가 보더라도 인간의 열세임이 분명한.

"너도 힘들어 보이는군."

키릭이 타락에게 들으라는 듯 중얼거렸다.

"아무리 네가 막강한 괴물이라지만 무한하게 화염을 남발할 수는 없겠지. 그것이 자연의 법칙이니까."

키릭은 분명히 보았었다.

타락이 드래곤 블레이즈를 발현하기 전 주변의 자연물들로부터 에너지를 흡수했음을.

디록의 가르침은 이번에도 정확했다.

에너지의 흐름은 항상 일정하다는 것. 그 법칙은 드래곤에게도 마찬가지로 적용되었다.

놈이 인간의 탈을 벗고 괴물로 변한 것, 그리고 마법을 넘어 물리적인 힘에 가까운 능력을 발휘한 것, 이런 힘들 모두가 기존 자연계에 존재하던 에너지의 형태 변화가 이루어 낸 산물이었다.

키릭의 눈이 푸르게 변했다.

그는 너무나도 잘 알고 있었다. 자신은 그러한 보존의 법칙에서 예외라는 사실을.

턱!

왼손을 검자루에서 떼고 그 안에 창조의 기운을 집중했다.

"그아아아!"

키릭이 고함을 치며 주먹을 날렸다.

쾌아앙!

휘청!

푸른 불꽃에 휩싸인 주먹이 타락의 오른쪽 얼굴에 정확히 들어갔고, 놈은 잠시 비틀거리며 옆쪽으로 쓰러질 듯 밀려 나갔다.

쾅! 쾅!

두 번, 세 번.

근육이 피부를 찢고 나올 만큼 부풀어 오른 주먹이 계속해서 놈의 안면을 찍었다.

맨몸으로 갈색 곰의 머리뼈를 박살 낸 키릭이다.

그런 극강한 육체에 푸른 불꽃이 실려 상상조차 하기 힘들 만큼 강한 타격이 박혔다.

전설의 드래곤조차 정신을 차릴 수 없는 그런.

키릭이 다시 두 손으로 세이비어를 꽉 움켜쥐었다.

그리고 하늘 높이 그것을 들었다.

슈우욱!

허공이 정확히 반으로 나누어지는 소리와 함께 핏물이 한가득 공중에 날렸다.

크아아앙!

타락의 이마에서부터 코끝까지 길게 상처가 벌어졌다.

거기에서 뿜어진 뜨거운 피가 키릭을 적신다.

펄럭!

"읏!"

타락이 거대한 날개를 한차례 휘둘렀다. 막대한 풍압에 키릭이 다음 공격을 잇지 못하고 밀려난다.

"후웁!"

숨을 내뱉으며 키릭이 발로 땅을 찍었다.

그러자 푸른 방패가 크게 형성되어 이 거인의 몸 전체를 가려 준다.

"가라!"

자신이 어떻게 이런 방식으로 불꽃을 다루고 있는지 키릭은 지금 이해할 수 없었다. 그냥, 당연히 그럴 것이라는, 일종의 확신 같은 것?

방패가 여전히 날개를 펄럭거리는 타락을 향해 쭉 날아갔다. 그리고 키릭이 빗물을 뚫고 그 뒤를 함께 따랐다.

타락이 긴 목을 내려 입을 크게 벌렸다.

다음 순간, 대지와 하늘을 박살 낼 것만 같은 초고음의 드래곤 로어가 키릭에게 집중되어 쏘아졌다.

끼아아아아아아아!

음파는 정확히 방패의 중심을 찔렀다.

그러나 엄청난 속도로 날아가는 방패는 그것을 헤치고 뒤쪽의 키릭을 완벽하게 보호했다.

펑!

불꽃이 타락의 배에 부딪혀 흩어졌다.

놈의 피부 곳곳으로 퍼지며 잔상을 남기는 방패를 따라 날아온 키릭.

그는 울퉁불퉁한 타락의 가슴을 쏘아보았다. 그곳에 세이비어를 꽂아 넣기 위해서.

푸욱!

'들어갔나.'

아니다. 혼신을 다해 검을 찔렀으나 손가락 세 마디 이상 박히지 않았다.

퍽!

키릭은 곧 타락의 날개에 맞아 한참을 날아가 떨어졌다.

"썩을⋯⋯."

펄럭! 펄럭!

놈이 내리는 빗속에서 물방울을 튀기며 날갯짓을 시작했다.

"⋯⋯쓸모없는 물건이 하나 있었군그래. 아니, 아직 본래의 힘을 되찾지 못했던가."

타락은 세찬 날갯짓에도 불구하고 하늘로 오를 수 없었다.

부활이 완벽하지 않음이 틀림없었다.

＊　　　＊　　　＊

폰은 정말로 뒤도 돌아보지 않고 달렸다.

드래곤.

그것도 고대 세계 전체를 유린했던 흑룡족.

제발, 그저 전설의 일부였기만을 바라 왔던 자신이 지금 얼마나 허망한 생각을 가졌었는지 절실히 깨달았다.

아마 수천 년 이래로 실존하는 드래곤을 본 사람은 자신들이 처음일 것이다.

따라서 극심한 공포가 솟아나 지친 몸을 더욱 힘들게 만든다.

"헉! 헉!"

강인한 육체를 소유한 폰도 드디어 체력의 한계를 느꼈다.

얼마나 달려왔는지 모르나 멀리서 키릭과 타락이 부딪치는 소리가 들리는 것으로 보아 아직 위험권에서 멀어지지는 못한 듯했다.

"미쳤어, 정말 미친 세상이야."

폰은 들릴 듯 말 듯 지껄이며 떨리는 몸을 가누기 위해 애썼다.

펑!

또다시 멀리서 뭔가 터지는 소리가 울렸다.

아마 이 근처에 시민들은 전부 잠에서 깨어 당황하고 있을 것이다.

내리는 비에도 꺼지지 않는 대화재가 일어났고, 그곳에서 알 수 없는 굉음이 끝없이 들리고 있으니.

턱!

누군가 폰을 건드렸다. 본능적으로 상대를 향해 크로스보우를 들이대는 폰.

그곳에는 비숍이 있었다. 폰과 같이 상당히 지친 모습이 역력한.

"어떻게 생각해?"

"꿈이겠지. 안 그런가?"

"키릭은."

"살아남겠지. 그래서 우리를 먼저 가라고 했을 테고."

비숍이 허무한 웃음을 지으며 머리를 흔든다.

자신도 폰도, 그리고 황금 비늘의 주인이라는 데일조차 지금 순간에는 그에게 아무런 도움이 되지 않는다.

적어도 물리적, 현실적으로는.

"스타비챠들이 이 사태를 보았으면 좋겠군."

"그럴 가능성은 낮아. 그들은 이 도시 근처에 있지 않으니까. 최대한 우리에게서 멀리 떨어져 있지."

"주인께 알려야 해. 흑룡이 부활했다는 사실을."

"스타비챠들이 없으면 불가능해. 우리가 살아서 빠져나가 그들과 접선하는 수밖에."

결론은 하나였다.

서둘러 하르실라의 성벽을 넘어 주인이 있는 라로시르 근처에 이르는 것.

다만 저 미쳐 날뛰는 타락이 하르실라를 떠나 다른 도시나 라로시르까지 공격을 시도한다면 그때는 큰 문제였다.

과학과 합리의 시대는 가고 전설이 되살아나는 시대가 도래할 것이기 때문이었다.

제국은, 이 대륙 트라폴리아는 아직 준비가 안 되었다.

과연 신성한 제르 호바도 이런 상황을 원했을까?

아니다. 그렇다면 그가 수천 년 전에 했던 예언은 그 의미를 잃는다.

이 사태는 변수였다. 자신들의 주인도, 제렌 디스들도, 심지어 제르 호바조차 예견하지 못했던 완벽한 변수.

"가자."

데일을 업은 폰과 커트를 둘러멘 비숍은 도시와 외부를

나누는 성벽까지 결사적으로 뛰었다.

그때였다.

길고 소름끼치는 괴수의 포효가 들려온 순간은.

성벽에 거의 닿았던 폰과 비숍은 걸음을 멈추고 그곳을 바라보았다.

"……태양이시여."

태양을 숭배하는 로슈르인답게 비숍이 중얼거렸다.

그들은 보았다.

하늘 끝 먹구름을 향해 직선으로 올라가는 거대한 불기둥을.

그리고 내리치는 번개들이 그 기둥을 따라 어딘가의 한 점으로 모이고 있었다.

"비숍."

"그, 그래."

"이 아이를 부탁한다."

"뭐? 미쳤어?"

폰이 천천히 데일을 풀어 비숍에게 넘겨 주었다.

"너 따위가 감히 흑룡과 맞서겠다고? 아직 깨닫지 못했지만 푸른 비늘의 주인인 키릭조차 목숨이 왔다 갔다 하는 상황에서?"

"드래곤이 자연의 힘을 빨아들이기 시작했다. 우리가 아무리 빠르게 도망쳐도, 키릭이 놈과 끝까지 맞선다 해도 데일을 지킬 순 없어. 우리 임무는 거의 실패에 가까워. 다섯이 모이지 못하면 말이야."

"그래서?"

"이제 생각났어. 예전에 시론의 전사들이 흑룡들과 싸워어떻게 놈들의 숨통을 끊었는지. 아, 물론 책에서 본 거야."

"……."

"그것을 키릭에게 전해야 해. 나도 도움이 될 수 있다면좋겠군."

푸아아아아아!

거친 음향과 함께 하르실라에서 열 개가 넘는 불덩어리가 방울처럼 솟았다가 터져 나간다. 그리고 그 불빛은 대낮같이 환하게 도시를 비추었다.

"수천 명이 전설을 목격하게 되었군. 어쩌면…… 녹터널헌터들도."

폰이 비장한 표정을 지었다. 더 이상 시간을 지체해서는안 되었기에.

"나이트가 어떤 기분이었을지 이제 알겠어."

다른 아이를 지키고 죽어 간 피스, 나이트.

폰과 비숍은 그가 가졌을 마음에 공감했다.

"모든 것들에 대한 걱정은 이제 접는다. 우린 주인께서 내리신 임무에 충실하면 그뿐. 넌 데일을 반드시 라로시르로 인도해. 난 키릭과 함께 저 괴물을 상대할 테니까. 여차하면 키릭만이라도 살아서 갈 수 있도록 최선을 다하겠다."

비숍에게 키릭을 걱정하지 말라는 뜻을 남기고 폰이 순식간에 사라졌다.

그런 폰의 뒷모습을 쓸쓸하게 지켜보던 비숍.

메고 있던 커트를 버리려고 하다가 무슨 생각이 들었는지 그냥 두고, 남은 왼팔로 데일을 꽉 껴안는다.

*　　　*　　　*

지상의 가옥들이 삽시간에 녹아 사라졌다.

타락이 지배하기 시작한 공간에 이전보다 더욱 세찬 비가 쏟아졌다.

그러나 그 어마어마한 양의 빗물도 화재를 막지 못했다.

키릭의 주변은 이미 그의 가슴 높이까지 불길이 가득한 초열의 지옥이었다.

그야말로 아비규환.

타락의 화염에 직격당한 건물에서 떨어져 나온 조각들까지 거기에 가세해 키릭의 움직임을 완전히 차단했다.

"끄아아!"

누군가 불에 타며 지르는 비명에도 키릭은 눈썹에 미동조차 띄우지 않는다.

텅.

키릭은 철구를 벗어 바닥으로 던졌다. 지독한 열기에 순식간에 달아오른 철구는 오히려 그의 움직임에 방해가 되었기 때문이다.

"세상 참 재미있게 돌아가는군."

디록과 함께했던 때에는 상상도 하지 못했던 일이었다.

마법이 있고 드래곤이 포효하는 세상.

그런 것들이 숨죽이는 동안 대륙의 인간들은 대체 무엇을 해 왔단 말인가.

웅웅—

세이비어가 한차례 울었다.

"그래, 조금만 기다려. 곧 저놈의 피를 내게 실컷 발라 주마."

의지가 생기자 힘이 솟는다.

불타는 도시를 구하겠다는 일념이 아니라 그저 자신을 공격한 괴물의 목을 잘라 내겠다는 의지.

"그럼 갈까?"

키릭이 세이비어를 크게 들어 올렸다. 그리고 힘을 가해 땅으로 강하게 찍었다.

콰앙!

돌바닥이 터져 나가며 앞쪽으로 길게 뒤집어졌다. 사방을 막았던 불길의 일부가 거기에 쓸려 날아가 그의 앞길을 텄다.

하르실라의 외곽에서 시작된 재앙은 점점 넓게 퍼졌다.

이제껏 보지 못했던 대화재만이 문제가 아니었다.

진정한 재앙은 바로 드래곤이었다.

지상을 거닐며 화염을 퍼붓는 타락의 위엄에 그것을 목격한 인간들은 이것이 꿈이라 여길 정신도 없었다. 전설의 괴수를 바라본 순간 그들의 이성이 완전히 마비되어 버렸기 때문이었다.

운이 좋은 자들은 고통 없이 증발했고, 그렇지 않은 이들은 한참을 불에 타 허우적거리다 죽어 갔다.

도시 경찰 치안대는 아무런 조치를 취할 수 없었다.

그저 멍하니 입을 벌리고 불의 장막이 펼쳐진 지역 밖에서 발만 동동 굴렀다.

간혹 뭔가 이상함을 느끼고 정신을 차린 이들이 외부에 구원을 요청하고자 새를 통한 연락을 시도했으나, 새들도 본능적인 공포에 잠식되어 하늘을 향해 날았다가 곧 지상으로 처박혔다.

하르실라는 이제 타락이라는 재앙 때문에 완벽하게 격리된 불지옥과 마찬가지였다.

"사람 살류!"

한 남자가 머리칼과 옷에 불이 붙은 채 키릭에게 뛰어왔다.

서걱.

그를 가볍게 베어 버리고 다시 전진하는 키릭을 무정하다고 할 수 있을까.

어쩌면 더 이상 고통 받지 않게 해 준 배려였을지도 모른다.

와르르르르.

건물 몇 채가 무너지며 불을 사방으로 퍼트렸다.

키릭은 눈은 계속 타락의 뒤를 쫓았다. 저 드래곤이 갑자기 왜 미쳐 날뛰며 자신이 아닌 이 도시에 화염 공격을 날리는 걸까.

—아직 불완전해서.

"……너로구나."

—응.

"내게 힘을 줄 수 있나?"

—난 버퍼가 아니라니까 그러네.

"그럼 설명해 봐. 저 괴물에 대해. 왜 저러는지도."

바로 대답이 나오길 기대했으나 예의 그 맑은 음성은 잠시 동안 답을 보내지 않는다.

끼에에에에에!

타락이 건물의 지붕에 올라 날개를 펼치고 고성을 질렀다.

—드래곤은 완전한 생물체가 아니야.

"그래? 적어도 싸움질에는 특화된 듯한데."

—그들이 그 완벽함을 유지하기 위해서는 인간의 형상이 필요해. 애초에 그렇게 태어났으니까.

"거 듣기 좋은 말이군."

—모든 물질은 순환하지. 어제 내린 빗물이 시내가 되고 강이 되어 바다에서 만나는 것처럼. 그리고 다시 증발해 그 순환을 이어 가.

"그런 개념은 대충 안다."

—저들은 그 순환에서 한 발짝 벗어난 존재야. 물질을

다루는 능력을 소유했기에 그것을 바탕으로 놀라운 능력을 발휘하지. 단지 언어, 또는 생각을 통해서.

"복잡하게 말하지 마."

—억지로 물질의 속성을 변환시킨다는 말이야. 그래서 저런 형상을 할 수도 있고 자연적으로는 불가능해 보이는 행위들을 쉽게 이루어 내. 화염이나 초음파 같은.

"억지라……."

—맞아. 그래서 드래곤들은 자신들의 심장에 또 하나의 이성을 담아 왔어. 틀어진 자연의 법칙은 그들의 정신에 막대한 혼란을 초래하니까. 하나를 얻으면 하나를 잃게 된다는 말이지. 일종의 숙명이랄까.

"저놈에게는 다른 이성이 없군."

—헤테르프는…….

뇌 속의 음성에게 슬픔이 느껴졌다.

—그녀의 심장에 담았던 이성을 스스로 지웠어. 그래야만 살아남을 수 있었으니까. 혼돈 그 자체였던 전쟁 속에서. 그녀는 결코 원하지 않았던.

키릭은 음성이 전해 오는 이야기가 먼 과거의 일이 아니었을까 생각했다.

"마지막 몇 마디를 한 뒤로는 완전히 광기에 물든 파괴자로 변한 게 그런 이유인가. 저런 모습이 된 다음에 이성을 유지할 수 없어서?"

―정확해. 지금 그녀는 복수심과 파괴 본능만이 남은 고대의 마수에 불과해.

"복수심? 누구를 향한?"

―…….

키릭은 어이가 없었다. 그냥 생각해 봐도 타락의 목표는 자신이었다.

그런데 그 이유가 복수심이라니. 언제 보았다고?

"어쨌거나 저놈을 죽여야만 끝나는 일이다. 방법을 알려 줘."

―그녀의 죽음에 난 관여하지 않겠어. 대신 네가 살 수 있는 길을 열어 줄게.

"뭐?!"

키릭이 저도 모르게 큰소리로 외쳤다.

크르릉.

그리고 그것이 타락의 시선을 사로잡았다. 완벽한 복수의 화신이 되어 버린 괴물의 눈에 키릭의 모습이 정확히 잡힌 것이다.

퉁!

타락이 뛰어올랐다. 입에 한가득 화염을 머금은 채.

화르륵!

"젠장!"

콰아아아아아아!

불막대기를 연상케 하는 화염이 공중에서 쏟아졌다.

—외쳐.

키릭이 펄쩍 뛰어올라 드래곤 블레이즈를 간신히 피하며 비교적 온전한 건물 뒤편으로 들어갔다.

"뭘!"

콰아아아아아!

순식간에 방어벽이었던 건물이 불타올랐다.

서둘러 다음 건물로, 또 다음 건물로 몸을 피했다.

쏴아아아아.

잠시 숨을 고르며 빗소리에 귀를 쫑긋하는 키릭.

타락이 더 이상 공격하지 않고 가만히 있는 것에 불안함을 느꼈다.

빠드드득.

건물 지붕에서 소리가 나며 돌덩어리 몇 개가 떨어졌다. 더불어 세이비어도 가늘게 진동하기 시작했고.

—너만이 이해했던, 너만을 위한…….

스윽.

용의 숨결이 가까워졌다.

—전능하신 자린께서 널 위해 주셨던, 절대방어의 상징.

콰앙!

건물 가운데를 뚫고 타락의 머리가 쑥 나왔다.

이미 드래곤 블레이즈를 뿜어낼 준비를 마친 상태로.

텅!

타락이 키릭을 그대로 들이받아 하늘 높이 들어 올렸다.

쿨럭.

피를 토하며 허공으로 한없이 솟는 키릭의 몸.

―기억해…….

슈우우우웁―

키릭을 보며 타락이 입을 크게 벌렸다.

그리고 그 안에서 환한 빛이 올라온다.

이 한 번의 공격을 위해 타락은 이미 먹을 수 있을 만큼의 기운을 흡수했다. 지금까지 키릭이 발현시켰던 푸른 불꽃도 그것을 막지 못할 정도로 가득한 포만감을 담은 채.

"……덤."

흐려지는 정신 속에서 키릭은 또다시 미지의 단어를 떠올렸다.

용언.

전능자가 드래곤에게 허가한, 마법과 물리력의 근원.

"디. 펜…… 덤."

키릭은 자신이 중얼거리는 말이 결코 낯설지 않았다.

*　　*　　*

비숍은 하르실라의 외성을 통과해 드디어 도시를 빠져나왔다.

그리고 길을 벗어나 한참을 달려 불타는 하르실라가 보이는 언덕에 이르렀다.

"훅, 훅."

거칠게 변한 숨을 진정시키고자 잠시 데일과 커트를 내려놓고 그 자신도 바닥에 주저앉는다.

"빌어먹을……."

어쩌다 일이 이 지경이 되었단 말인가.

원래대로라면 자신들은 여전히 아이들을 지켜보며 때를 준비하고 있어야 했다.

그러다 얼마 전 갑자기 내려온 명령.

아이들을 모두 모으라는 것이었다. 검은 용이 예언한 그때가 한참이나 남았건만.

그것은 아마도 나이트가 죽었다는 소식이 전해진 직후였을 것이다.

자신들의 주인이 무언가를 느꼈다는 말일까. 이처럼 급

하게 일을 진행시킨 것은 조직의 일원이 된 뒤로 처음이었다.

임무를 맡은 처음부터 기분이 좋지 않았다. 역시나, 마스터 디록에게 소중한 오른팔을 잃고 속으로 피눈물을 삼켜야 했다.

그것으로 끝이 아니었다.

남부에 있어야 할 괴물들이 어느새 힘을 모아 자신들의 길을 막았다.

상상도 못했던 강력한 능력을 발휘하며.

수백 명의 정예 스타비챠들이 제대로 싸워 보지도 못하고 고혼이 되었다.

전체 전력으로 따졌을 때는 미미한 수준이었지만, 이들 하나하나를 키우는 데 엄청난 비용과 노력이 들어가는 것을 생각한다면…….

그리고 드래곤.

실존한다면 인류 최대의 적이라 규정했던 전설 속 괴물.

언젠가 로슈르 제국이, 트라폴리아 대륙 전체가, 아니, 인간을 포함한 모든 생명체가 멸망한다면 그것은 드래곤으로 인한 것이 아닐까.

아득한 옛날, 인간이 멸종 직전까지 갔던 그때에도 시작은 이러했을 것이다.

"키릭, 폰. 제발 어떻게든 살아라."

숨을 돌려 빠르게 체력을 보충한 비숍은 다시 움직일 준비를 했다.

그때 커트가 신음을 뱉으며 정신을 차렸다.

"으으, 여긴……."

비숍은 가라앉은 눈으로 커트를 바라보았다.

그냥 버리고 가도 상관없는 자였다. 하지만 비숍은 그러지 않았다.

데일이 그에게 상당한 친근감을 가졌다는 사실에 주목했기 때문이었다.

분명 어떤 식으로든 이 경박해 보이는 병사도 그에게 맞는 역할이 있을 것이다.

짝!

비숍이 강하게 커트의 뺨을 쳤다. 그제야 커트는 눈을 말똥말똥 뜨고 제정신으로 돌아왔다.

"이봐, 너."

고막이 찢어져 비숍의 말을 잘 알아듣지 못하는 커트였지만 이 순간만큼은 무조건 비숍에게 복종해야 한다는 정도는 안다.

"예, 옛!"

"단검 쓸 줄 알아?"

"예?"

한숨을 푹 쉰 비숍이 허리끈에 묶어 두었던 단검을 빼 커트에게 던져 주었다.

그러고는 그의 귓가에 대고 크게 소리를 질렀다.

"이거 들고 따라와. 데일은 네가 업고!"

황급히 고개를 끄덕이며 일단은 비숍의 명령을 신속히 이행하는 커트. 역시나 엄한 규율 속에서 생활했던 제국의 군인답다.

말이라는 이동 수단을 잃은 이들이 아무리 빨리 걷고 뛴다 해도 라로시르까지 열흘 이상은 걸린다. 그것도 녹터널 헌터들이나 다른 위험 요소들을 피해 돌아간다면 한 달을 잡아야 할지도 모른다.

멀리 하르실라는 끝없는 굉음과 함께 불타오르고 있었다.

용의 분노는 저 도시가 완전히 잿더미가 되더라도 멈추지 않을 것이다.

키릭이 용을 때려잡지 않는 한.

상당히 모순된 명칭이 되겠지만, 그렇게만 된다면 '인간'의 형상을 한 키릭에게 수천 년 이래로 최고의 칭호가 부여될 것이다.

전설의 이름 레키우스 미나투르 폰테우스에게 바쳐졌던

명예인, '드래곤 슬레이어'가.

"어?"

비숍은 스스로도 의식하지 못할 정도로 크게 놀랐다.

불타는 외곽 중심부, 지상에서 지금껏 보지 못했던 어마어마한 화염이 하늘로 솟구쳤다.

혹시 타락이 그의 모든 힘을 다해 최후의 공격을 감행하는 것인가.

"설마……."

키릭이 저 정도의 드래곤 블레이즈에 직격당했다면……. 절망이다.

"아닐 거야. 암, 그렇고말고."

허망하게 지껄이는 비숍을 바라보는 커트의 눈에도 이 상황이 좋지 못하다는 인식이 뚜렷했다.

그 순간 왠지 모르게 확 올라오는 소름에 비숍이 살짝 떨었다.

이 냄새. 시궁창에서 올라오는 것보다 더 역한 죽음의 냄새.

"……."

결국 그들이 왔다. 녹터널 헌터들이.

"재수 없는 밤이군……."

일그러지는 비숍의 얼굴을 보며 어리둥절해하는 커트의

뒤편으로 검은 그림자들이 천천히 나타나기 시작한다.

촤아악!

위프 피어가 적의 병기에 부딪쳤다. 아주 짧게 팅 소리를 낸 위프 피어는 순간적으로 휘어지며 적의 안면을 가로로 훑고 지나간다.

얼굴의 절반을 잃고 뇌수를 쏟으며 쓰러지는 적을 뛰어 넘어 비숍이 다음 상대를 찔러 갔다.

이미 헌터 여섯을 베었다.

놈들은 강했지만 비숍은 더 뛰어났다. 그 정도가 아니었다면 결코 피스로 선택되지 않았을 것이기에.

그러나 문제는 커트였다.

그는 단검을 들고 어지러이 도망치기에 바빴다. 다행히도 커트와 그의 등에 업힌 데일을 쫓는 적은 하나였기에 발빠른 커트가 아직까지 무사할 수 있었다.

아마도 적들은 커트와 데일이 독안에 든 쥐라고 여겼기에 비숍에게 전력을 집중했을 터.

츠팟!

심장이 정확히 꿰뚫린 적이 무너지자 일단 일차 공격을 해 왔던 놈들은 전멸했다.

이를 악문 비숍이 커트를 쫓는 놈을 죽이고자 그 뒤를 따랐다.

"히에엑!"

커트는 목덜미에 확 뿌려진 뜨거운 액체가 자신의 피인
줄로 착각했다.

하지만 풀썩 소리를 내며 쓰러지는 추격자의 기척을 알
고 다리가 풀려 버렸다.

"헉, 허억."

목 높이까지 자란 갈대숲을 등지고 커트가 힘든 숨을 몰
아쉬었다. 그의 앞에 역겨운 냄새 가득한 위프 피어를 툭
털어 버리는 비숍이 있었고.

비숍의 눈이 고열에 신음하는 데일에게 닿았다.

저 총명하고 위대한 운명의 중심은 지금 너무나도 나약
하다.

모두가 죽을힘을 다해 싸우고 있건만 그는 겨우 감기 따
위에 고통스러워하며 다른 이들을 힘들게 만들고 있다.

비숍은 이 상황이 정말로 짜증스러웠다.

만약 자신이 맡았던 아이가 키릭이 아닌 다른 이들이었
다면 지금쯤 이런 개고생을 하지 않았을지도 몰랐다.

스윽, 스윽.

어디서 나타났는지 놈들의 그림자가 다시 일어섰다.

"이렇게 많았던가. 대체 정보원들은 뭘 하는 거야? 나중에

돌아가면 책임자들을 엄하게 문책해야겠어."

슬쩍 올라오는 두려움을 잠재우기 위해 비숍은 일부러
크게 말했다.

*　　*　　*

"디펜덤."

쿠아아아아아아아!

키릭은 시야에 잡힌 모든 것들이 환상처럼 흐려지는 것
을 보았다.

아래쪽에서 타락이 뱉어 낸 거대한 화염이 자신을 지우
기 위해 다가왔다.

그러나 드래곤이 준비했던 회심의 일격은 키릭에게 닿지
도 못하고 뭔가에 부딪혀 넓게 원을 그리며 퍼졌다.

그 끝은 어디일까.

바닥에 쏟아부은 물이 퍼지듯 끝을 모르고 흩어져만 가
는 드래곤 블레이즈.

마치 하늘에 무형의 방어벽을 펼쳐 놓은 것처럼 화염은
그 면을 따라 퍼지며 사라져 간다.

한동안 키릭이 머물던 허공이 이 무거운 거인의 몸을

떨쳐 냈다.

빠른 속도로 떨어져 불타는 건물의 가운데로 추락하는 키릭.

그러나 이 순간 그 어떠한 외부의 불길과 열기도 키릭을 해하지 못한다.

'난 뭐지. 또 지금 내 머릿속에 떠오른 단어는 뭐였을까.'

머릿속에서 빠르게 사라져 가는 단어를 잡기 위해 애썼으나 결국 아무것도 기억할 수 없었다.

와르르.

건물의 벽이 무너져 키릭을 덮쳤다.

키릭은 팔을 휘둘러 가볍게 벽을 분쇄해 버리고 다시 일어선다.

크어어엉!

타락이 울부짖었다. 그녀가 잡길 원했던 목표를 상실한 채.

'뜨겁지도, 아프지도 않다. 이건 나의 불꽃이 아니야. 또 다른 힘이다.'

키릭은 지금 자신의 모습을 알지 못했다.

푸르게 변한 피부와 거기에 돋아난 얇은 비늘, 끓어오르는 분노를 간직한 붉은 눈.

누가 본다면 지옥의 마물이 현신한 것으로 착각할 정도였다.

키릭은 불타는 잔해들을 툭툭 차며 건물을 빠져나왔다.

차가운 비를 맞자 정신이 번쩍 드는 것을 느꼈다. 그와 함께 변했던 키릭의 신체가 다시 정상적인 인간의 모습으로 돌아왔다.

쿵쿵거리며 어쩔 줄 모르는 타락을 차갑게 바라보는 키릭의 눈에서도 붉은 기운이 서서히 사라졌다.

스윽.

바로 옆에서 인기척이 느껴졌다.

"……깨달았나?"

데일과 함께하던 말더듬이 아울, 아니, 비숍의 동료인 폰.

"뭔지는 모르지만, 그리고 다시 생각나지는 않지만 내게 미지의 힘이 있다는 사실은 알았다."

"고무적인 발전이로군……."

캬아아아!

타락이 꼬리를 휘둘러 주변 건물들을 파괴하기 시작했다.

"안 그래도 미쳤는데, 이제는 완전히 짐승으로 변해 버렸어."

타락은 여전히 강력한 신체 기능을 가졌음은 분명했다.

그러나 키릭도 폰도 하나는 확실히 알 수 있었다.

놈은 당분간 드래곤의 상징과도 같은 화염을 사용하지 못한다.

만약 가능했다면 벌써 주변은 불바다가 되었을 터, 방금 허공에 뜬 키릭을 공격하는 것을 끝으로 그 능력을 다 소진한 것이 틀림없다.

"옛 기록에 의하면 말이야."

폰이 입을 열었다.

"드래곤은 불사의 생명체라고 했지. 외부의 작용이 없다면 영원히 재생한다고. 하지만 그것은 말 그대로 외부로부터 아무런 위해가 없었을 때를 뜻한다."

"알아. 죽지 않는 존재는 없으니까."

키릭의 말에 폰은 전부 동의하지는 않는다는 표정을 지었다.

"아무튼 심장이 망가진 생물은 살아남을 수 없지."

"한 번 시도해 봤어. 하지만 단단한 피부를 뚫지는 못했다."

"인간으로서 유일하게 용을 잡았던 사내가 있었다. 세상은 그를 드래곤 슬레이어라 부르며 구원의 빛으로 여겼고."

"어떻게?"

폰이 손가락을 들어 자신의 목과 몸이 만나는 부분을 가리켰다.

"드래곤 하트. 모든 생명이 마찬가지겠지만 다른 상처를 순식간에 재생하는 드래곤들도 심장만큼은 어쩌지 못해. 그리고 그것은 인간과 달리 여기에 있어. 드래곤 슬레이어, 폰테우스는 아슐라탄의 검으로 거기를 뚫어 사악한 괴수들을 잠재웠다. 철보다 단단하다는 흑룡의 피부지만 그곳은 무척이나 얇아."

키릭은 폰의 말을 듣고 다시 타락을 응시했다.

타락의 긴 목과 거대한 몸체가 나누어지는 경계 부분.

거기에는 두꺼운 금속판이 붙어 있다.

"놈도 스스로의 약점을 잘 아는 듯한데?"

"저것만 없다면 시도해 볼 만하지 않겠나."

이제야 타락의 약점을 덮고 있는 금속판에 집중하기 시작한 키릭은 거기에 새겨진 기이한 문양에 주목했다. 글자 같기도 하고 그냥 그림 같기도 한.

"문제는 아슐라탄의 검과 같은 전설적인 명검이야. 그 무엇도 드래곤에게 상처를 입힐 수 없으니. 태양의 축복이 담긴 각종 무기들도 어려울 거야."

키릭이 물끄러미 세이비어를 바라보았다.

세이비어는 이미 놈의 안면을 베어 피를 흠뻑 마시지

않았던가.

아슐라탄의 검과는 다르지만, 이 마검 세이비어도 용에게 효과가 있음은 확실하다.

그러고 보니 타락이 헤테르프의 모습을 지녔을 때, 세이비어를 향해 '형제'라고 했었다. 저 오래된 괴물이 세이비어를 알 정도라면 분명 뭔가가 있다.

키릭이 세이비어를 꽉 쥐자 폰이 그의 뜻을 짐작하고 고개를 끄덕였다.

"놈의 힘은 나를 압도한다. 정면으로 붙어서 약점을 공략하기는 어려워. 게다가 저 쇠붙이가 심장을 가리고 있어. 그저 단순한 방해물이 아닐 거야."

"일단 놈과 붙어 줘. 내가 주변에서 정신을 혼란시킬 테니까."

어설프지만 이 외에 다른 방법이 없다.

기록에는 그저 인간이 드래곤을 제거했다는 사실과 그 약점에 대해서만 기록되어 있었다. 그 과정에 대해서는 언급하지 않았고.

키릭의 행동은 머뭇거림이 없었다.

폰의 말이 끝나기도 전에 바로 타락에게도 달려갔다.

끼기기긱!

돌바닥을 강하게 쓸어 가는 세이비어에서 마찰음과 함께

불똥이 튀었다.

타락이 키릭을 돌아보았다. 더욱 광기 어린 눈을 하고서.

그리고 곧, 키릭을 집어삼킬 만큼 거대한 아가리를 열고 곧바로 결투를 받아들인다.

슈우웃.

화살보다 빠르게 달려간 키릭은 그대로 놈의 입으로 들어갈 듯했다.

날름거리는 혓바닥이 얼굴에 거의 닿기 직전, 키릭은 세이비어를 가슴에 세우고 바닥에 누워 타락의 아래쪽으로 주욱 미끄러져 들어갔다.

툭탁, 툭툭툭, 팅!

울퉁불퉁한 피부를 얇게 가르며 지나가던 세이비어는 놈의 금속판에 닿기도 전에 소리를 내며 밀려났다.

폰도 그것을 보았다.

"물리력을 거부하는 힘이 깃들어 있나. 그렇다면 마법뿐일까."

어쨌거나 일단은 무엇이라도 해 봐야 하지 않겠는가. 폰도 결의에 찬 얼굴을 하고서 다른 건물을 향해 몸을 움직였다.

부우웅!

뿔이 잔뜩 솟은 꼬리가 바람을 일으키며 휘둘러졌다.

콰직!

돌이 깨지며 사방으로 파편을 날리자 그곳에 있던 키릭이 바닥을 굴러 몸을 피했다.

슈우웅—

각을 세워 날카롭기 그지없는 날개가 키릭의 머리를 쓸었다. 키릭은 몸을 뒤로 눕혀 한 끗 차이로 그것을 흘린다.

무거운 클레이모어가 아래쪽에서부터 빠르게 타락의 날개를 베어 갔다.

타락은 이성 대신 짐승의 본성을 택했다. 그리고 짐승의 본능은 무엇보다 예민하다.

키릭의 공격에 크게 상처 입을 수 있음을 느낀 타락은 세이비어의 궤적에서 팔을 빼내고 얼굴에 달린 뿔로 키릭을 찔러 온다.

팅!

키릭이 검면으로 뿔을 막았다.

으직.

키릭의 몸이 밀리며 바닥에 쌓인 돌의 파편들을 조금씩 흐트러뜨렸다.

풍! 풍!

놈의 코에서 거친 콧김이 뿜어져 키릭의 얼굴을 달궜다.

찡그린 얼굴로 타락의 압박을 버티는 키릭과 조금씩 전진하며 키릭을 눕히려는 타락 사이에서 불똥이 튀었다.

그러나 인간인 키릭이 드래곤의 힘을 능가할 수는 없었다.

키릭은 점점 밀려나 여전히 불타오르는 잔해까지 이르렀다.

쉬이익!

갑자기 위쪽에서 열 개의 작은 화살들이 타락에게 날아왔다.

팅! 퉁!

대부분이 피부를 뚫지 못하고 튕겼다. 그러나 단 한 개는 처음부터 타락의 피부를 노리지 않았다.

찌잉—!

마력이 깃든 화살. 그것이 정확하게 심장을 가린 금속판에 맞아 타락의 시선을 잡았다.

그릉!

"역시, 마법까지 막아 내지는 못해."

부웅— 팅!

키릭이 휘두른 세이비어를 타락이 막았다.

타락은 피막이 달린 길고 뾰족한 **뼈대**를 이용해 키릭을 여러 차례 찍자, 키릭은 날렵하게 그것을 피하며 재차 공격을 시도한다.

아그작.

폰이 뭔가를 입에 넣고 씹었다.

"윽."

극심한 두통이 일고 잠시 동안 폰의 얼굴에서 빛이 발생했다.

"여기서 또 수명을 깎아 먹는군. 아니, 뭐 어차피 이게 아니면 죽을 운명인가."

암살과 잠입에 특화된 폰은 마법 능력이 거의 없다고 보는 게 맞다.

따라서 조직에서는 마력을 담은 약재를 통해 일시적으로 마법과 같은 능력을 사용하도록 준비해 주었다.

아주 짧은 시간 동안 강력한 마력을 집중할 수 있는 능력.

대신 그 후유증으로 생명력의 일부를 내놓아야 했다.

푸슝! 푸슝!

여러 개의 화살이 타락에게 날아갔다. 놈을 귀찮게 하려는 목적이 첫 번째고, 가능하다면 타락의 심장을 보호하고 있는 쇠붙이에 타격을 주려는 것이 두 번째였다.

이번에는 두 개에 마력을 불어넣었다. 그리고 그중 하나가 금속판에 푹 박혔다.

좌아악.

"읏!"

키릭이 강한 바람에 밀려났다.

타락이 넓게 팔을 벌려 날갯짓을 시작했기 때문이었다.

타락의 목표는 폰.

인간 이상의 이성을 지닌 드래곤에서 본능에 의지하는 짐승으로 격하되었지만, 놈은 자신에게 충분히 위협이 되는 우선 순위가 무엇인지는 알았다.

그 순간 키릭이 주먹에 불꽃을 담아 금속판을 가격했다.

하지만 거기에 새겨진 문양이 한 차례 빛나며 그 공격을 걷어 냈다.

펄럭, 펄럭!

턱턱턱턱!

억지로 날개를 펄럭이다가 결국 포기한 타락은 재빠르게 다리를 놀려 폰이 있는 건물로 돌진했다.

"어딜 가."

키릭이 타락의 다리를 붙잡았다.

퉁!

둘은 함께 허공으로 도약해 빠른 속도로 솟구쳤다.

"으그그극!"

왼손으로 타락의 발목을 붙잡고 있는 키릭은 그곳의 관절이 빠지는 듯한 통증에 신음을 흘렸다.

쿵! 쿠쿵!

건물들 지붕에 몇 번 부딪히고 쓸렸으나 결코 키릭은 놈을 잡은 손을 놓지 않았다.

쿠아아아아!

타락이 괴성을 지르며 폰에게 쇄도했다. 그러나 결연한 얼굴로 화살을 장전하는 폰은 그 자리를 떠나지 않았다.

쉬이익!

화살들은 전부 타락의 뿔에 맞아 튕겨 났다.

쿠콰콰콰!

간신히 세이비어를 등 뒤의 가죽 끈에 끼운 후 타락의 발을 타고 키릭이 올라갔다.

그사이 지붕을 쓸고 지나간 타락은 곧 아래를 향해 떨어졌다.

어느새 폰이 땅에 내려가 화살을 쏘아 대었기 때문이다.

폰은 먼 거리에서 화살을 날려 봐야 타락의 경계심만 키운다는 것을 깨달았다.

놈에게 붙어야 한다.

그렇게 금속판에 마력을 직접 꽂아야만 놈을 물리칠 확률도 올라간다.

키릭에게는 마법 능력은 없다. 그가 보유한 힘은 강대했지만, 푸른 불꽃은 마법이 아닌 물리력에 가깝다.

키릭이 진정한 힘을 되찾았을 때에는 그 자체만으로도 타락을 박살 낼 수 있을 터.

그러나 아직은 아니다.

희망은 폰, 자신뿐.

쉬이잉!

타락이 바닥을 쓸며 폰을 삼키기 위해 입을 벌렸다. 저 아가리 속으로 빨려 들어가는 즉시 놈에게 씹혀 수천 조각으로 분해될 것이다.

폰은 마지막 약재를 삼켰다.

슈아악!

타락이 솟구쳤다. 하지만 그 입안에 폰은 없었다.

폰은 부딪히기 직전, 몸을 날려 타락의 어깨 부분에 달라붙어 위기를 모면했다.

촤르륵!

타락이 몸을 크게 털었다.

"윽!"

키릭이 아랫배를 움켜쥐며 타락에게서 떨어져 나갔다.

뜨거운 뱀 한 마리가 배를 뚫고 들어와 휘젓는 고통.

그러나 눈으로 직접 본 모습은 그 반대였다.

손가락 길이만큼 갈라진 상처에서 분홍빛 창자의 일부가 살짝 튀어나와 있었다.

상처가 점점 갈라지며 피를 쏟아 냈다.

더불어 창자는 독자적인 생물처럼 꼬물거리며 밖으로 조금씩 삐져나온다.

키릭은 반사적으로 손으로 상처를 틀어막으며 뒷걸음질을 쳤다.

쿠오오오!

타락이 더욱 심하게 몸을 흔들어 댔다.

그러나 폰은 끝까지 놈에게서 떨어지지 않았다.

순간 폰의 몸이 강하게 빛났다. 삼켰던 약재의 효과를 극한까지 끌어 올렸기 때문이었다.

"준비해!"

키릭은 폰의 외침에 슬그머니 세이비어를 들었다.

폰은 어지러운 와중에도 조금씩, 조금씩 타락의 가슴까지 이동했다.

이럴 때 울퉁불퉁한 놈의 피부와 비늘이 오히려 지지대 역할을 해 주었다.

마지막으로 놈의 비늘 틈에 왼손과 두 발을 끼운 폰은 그의 눈앞에 알 수 없는 문양이 새겨진 금속판을 보았다.

마력 화살에 맞아 길게 금이 가 있는 틈새 아래에서 심장 소리가 들리는 것 같았다.

딱!

"윽!"

타락이 머리를 내려 가슴에 붙은 폰을 물어 갔다.

다행히 등짝의 살덩어리가 쓸려 찢겨 날아가는 정도에서 일단 위기는 모면했다.

폰이 두 손으로 눈앞의 금속판을 잡고 마력을 집중했다.

"으가가가가!"

뽀드득.

마치 얼음 덩어리가 깨지는 소리가 멀리 떨어진 키릭에게까지 들렸다.

쨍그랑!

금속이 박살 나는 순간, 동시에 타락이 머리로 폰을 강하게 쳐서 날려 버렸다.

길게 핏줄기를 이어 가며 날아가던 폰은 불타는 잔해 어디론가 사라졌다.

쉬익—!

기회였다.

드래곤 하트를 보호하던 금속판이 사라진 지금, 저곳에 세이비어를 꽂아 넣는다면 드래곤을 죽일 수 있다.

이 한 수를 위해 잠시나마 힘을 축적했기에 키릭은 인간 이상의 속도로 타락에게 닿을 수 있었다.

코앞에 그것이 보였다.

비늘이 없는 하얀 가죽.

그 규칙적인 기복이 드래곤 하트의 존재를 대변해 주었다.

1장
그들의 이야기(1)

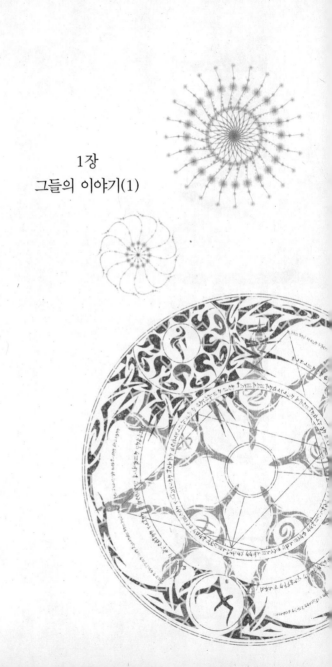

RAJARN

콰쾅!

한줄기 번개가 검은 하늘을 길게 가르며 첨탑의 쇠침에 꽂혔다.

지금과 같은 시기엔 대륙 북부에서도 흔치 않은 태풍.

벌써 두 주째, 하루도 쉬지 않고 폭우가 쏟아진다.

자유무역연합 12개 국가 중 가장 넓은 영토를 차지하고 있는 왕국, 우들란트.

여타 북부의 왕국과 공화국들 사이에서도 가장 빠르게 선진 사회로 진입하고, 있는 우들란트는 중부 로슈르 제국과 가장 긴 국경선을 마주하고 있다.

그만큼 제국과 접촉할 기회가 많았기 때문에, 비록 불평

등하더라도 다른 국가들에 비해 제국과의 무역에 있어 약간
은 혜택을 입어 왔다.

콰콰콰쾅!

또다시 몇 줄기의 번개가 한 점을 향해 동시에 떨어졌다.

이곳, 우들란트의 수도 불타리가에서 가장 높이 솟은 사
원.

그 첨탑 끝에는 몇 백 번이나 벼락을 받아 낸 피뢰침이
도시 전체를 굽어보고 있다.

치직, 치이익.

누군가 있었다. 그것도 아슬아슬한 피뢰침 끝에.

그의 얼굴은 추위 때문인지 원래 그런 것인지 알 수 없을
정도로 파랗게 빛났다.

바람에 나부끼는 검고 긴 생머리 주위로 파직거리는 벼
락의 흔적.

수십 번도 넘게 벼락에 직격당하고도 그는 멀쩡해 보였
다.

평범한 인간이라면 이미 까맣게 타 버린 채 부서져 날아
갔을 터.

'인간'이라면……

끼기긱.

그가 감았던 눈을 떴다. 그리고 느릿하게 불타리가 시가

지를 둘러본다.

아프사라스.

이 기괴하고도 인간 같지 않은 사내의 이름.

그가 뭔가를 중얼거리기 시작했지만 빗소리에 묻혀 알아들을 수 없었다.

아프사라스의 시선이 하늘을 향했다. 정확히는 먹구름에 가려진 태양을 향해.

"……호루스."

웃고 있는가. 그의 입술이 묘하게 말려 들어간다.

"자, 이제 어떻게 할 텐가."

쾅!

멀리 다른 사원의 꼭대기에 벼락이 떨어졌다.

마치…… 아프사라스의 물음에 대한 답변처럼.

"우린 그대와 맺었던 약속을 어기지 않았다. 오히려 그것을 방관한 존재는 당신이었지."

우르릉!

하늘이 격노한다.

"그저 현 상황에서 가장 합리적이고 최선이라 판단되는 선택을 했을 뿐."

도시 전체를 울리던 비구름의 분노가 서서히 잦아들었다.

"기다려지는군. 검은 용이 깨어나는 그날이. 그때가 되면……."

말끝을 흐리던 아프사라스의 시선이 아래쪽으로 옮겨졌다.

그리고 잠시 후, 그의 모습이 첨탑에서 완전히 사라졌다.

"어흐흑!"

북부인들의 최고신이라 일컬어지는 대정령, 윙락의 사원 지하.

꽉 잠긴 열 개의 철문을 통과해야지만 들어갈 수 있는 비밀스러운 공간에서 누군가의 울음소리가 울렸다.

"크어…… 크흐흐흑."

서럽다.

너무나도 서럽게 오열하는 남자.

"히힛, 킥킥킥킥!"

이번에는 정신 나간 사람처럼 웃기 시작한다.

그의 행색은 정상이 아니었다.

입고 있는 의복은 걸레처럼 너덜너덜해진 상태였고, 때가 덕지덕지 낀 얼굴은 수염이 가득 자라 정말로 지저분해 보인다.

헝클어진 머리칼을 쥐어뜯으며 웃고 울기를 반복하는 이

자는 누구일까.

뚝.

한참을 괴로워하던 그가 갑자기 침묵했다.

"……아프사라스."

낮은, 그리고 원한이 가득 담긴 음성으로 사내가 입을 열었다.

"생각보다 더 형편없는 인간이었군. 알로게이라 자칼롯."

그렇다.

미친 사람과 같은 모습을 한 사내는 자칼롯이었다.

공화국 젝스나이츠의 호민관이자 자유무역연합의 감찰단, 검은 하현달을 지휘하는 권세가.

"흐흐, 그대들 덕분이외다."

"그래? 감사의 인사로 들리지는 않지만 일단 접수하지."

밀실 모서리에 구겨진 채, 어두운 정면을 노려보는 자칼롯의 눈동자에 약한 빛을 반사하며 등장한 아프사라스가 맺혔다.

"왜 날 살려서 데려왔소?"

자칼롯이 아프사라스를 향해 으르렁거린다.

"그날! 그곳에 있던 모두를 박살 내고 왜 난 살려 둔 게요!"

"아직 할 일이 많잖은가."

"허!"

철컥, 철컥.

아프사라스가 자칼롯의 앞으로 천천히 걸어왔다.

"그깟 거지 같은 자비에 머리라도 조아려 드릴까?"

지이이잉— 척.

아프사라스는 무릎을 굽혀 자칼롯의 얼굴 가까이 자신의 푸른 면상을 가져갔다.

그리고 한참 동안 이 폐인이 되어 버린, 나약한 사내의 흔들리는 눈동자를 응시했다.

"안도하고 있군."

"무, 뭐라!"

"넌 자신이 살아 있다는 사실에 극히 안심하고 있다. 네 눈동자는 거짓을 보여 주지 않아. 교활한 인간."

자칼롯은 할 말을 잃고 멍한 표정을 짓는다.

순간, 자칼롯의 주먹이 빠르게 아프사라스의 콧등을 가격했다.

텅!

"아악!"

감당할 수 없는 고통에 자칼롯이 비명을 지르며 손을 감싸 쥐었다.

때린 것은 자신이건만.

"으어어억……."

고개를 숙이고 아파 하는 자칼롯을 차갑게 내려다보던 아프사라스는 비틀어진 채 약간 찢어진 코를 매만지며 일어섰다.

윙~ 철컥. 윙~ 철컥.

그가 걸음을 옮길 때마다 들리는 기이한 소리. 도무지 그 근원을 파악하기가 어렵다.

"정말로……. 당신들은…… 인간이 아닌 게 틀림없소."

"그 말, 74번째로군."

"돌아간다고 하지 않았소? 한데, 왜 다음 날 다시 찾아와, 나와 보리스의 회담에 동행하겠다고 한 거요. 그를 죽이기 위해서였소?"

"……."

"당신들은 이 세상의 일 따위에 초연하다고 말하지 않았소? 그저 오랜 시간 당신들의 땅에 닿기 위해 노력해 온 우리가 불쌍해 작은 도움을 주는 것일 뿐이라 했잖소!"

"그랬지."

"다 거짓이었구려."

"아니."

"이 상황을 보고도 그런 말을 하오?"

고통이 조금은 가신 듯 자칼롯의 신음이 약해진다.

"애초에 계획하고 실행했던 일들이 무리 없이 흘러갔다면 우리의 호의는 너희에게 큰 축복이 되었을 터. 하지만 자칼롯…… 모든 일에는 변수가 있지."

순간 아프사라스를 바라보던 자칼롯의 눈이 커졌다.

그의 찢어졌던 콧잔등 피부가 어느새 완벽하게 회복되었기 때문.

"웃기는 게 뭔지 아는가? 그 '변수'라는 것, 원래는 그저 일어날 수도 있겠다는 미약한 가정에서 출발한 그것이 우리의 삶에서 무수히 발생한다는 점이야. 마치 누군가 의도한 그대로. 그렇다면 그것은 변수가 아니게 되지."

"말 어렵게 하지 마시오……."

"이번 일은 우리가 가정했던 256개 위협 중 상위에 올려놓은 변수였다. 제국의 늙은이를 제거함으로써 192가지 불미스러운 일을 예방할 수 있게 되었고. 변수는 그렇게 줄여 나가는 것이다."

"당신들은 모든 것을 숫자로만 판단하는구려."

"너희 대륙의 북부에 사는 인간들 중 나름대로 합리적이라는 자칼롯. 우리도, 너희 인간들도 결국 0과 1로 이루어진 덩어리에 불과하다는 것을 가장 잘 이해하고 있는 자가 너 아닌가."

"이해한 척했을 뿐이오. 당신들의 가르침은 지금 시대, 지금 인간들에겐 있지도 않은 웡락을 섬기는 것보다 더 허황된 것이니까."

한숨을 쉬던 자칼롯이 주먹을 쓰다듬으며 고개를 돌렸다.

"바깥 상황은 어떻소?"

"그 장소에 있었던 제국인들과 북부인들은 널 제외하고 모두 죽었다."

아니다.

보리스의 호위였던 블러드하운드, 홀고트.

그 또한 살아남아 현재 본국에서 치료를 받고 있다.

한데 왜 아프사라스는 모두가 죽었다고 하는 걸까.

"대기 중이던 양측 군대가 영문도 모른 채 진격해 전투를 벌였지. 멋지더군. 개개인의 전투력은 너희가 앞섰지만, 제국 군대의 집단 전술은 단연 최고. 아마 너희 측 병사들의 희생이 더 많았을 것이다."

"당연한 결과요…… 내가 묻고 싶은 건 그 이후의 일들이오. 제국이 그냥 두고 보지만은 않았을 텐데."

"그들은 현재까지 아무런 행동도 취하지 않고 있다."

"에? 설마."

자칼롯은 믿을 수 없다는 듯 눈을 크게 떴다.

"굉장히 지혜롭고 신중한 이가 그들과 함께하고 있지.

예상 못했던 바는 아니었고. 그는 우리의 개입을 알아차렸을 것이다. 아마 여러 방법을 통해 전쟁을 억제하고 있을 터."

아프사라스는 제국이 곧바로 북부를 침공하지 않은 부분에 대해서도 그럴 줄 알았다는 뜻을 표했다.

"오래 걸리지는 않을 것이오. 제국 놈들에게 마르테라는 이름은…… 황제 다음, 다음으로 고귀한 것이니까."

"과연?"

자칼롯은 은근히 오한이 들게 만드는 아프사라스의 음성에서 어떤 확신을 읽었다.

"솔직히 말해 보시오 아프사라스. 당신들은 북부의 멸망을 바라오? 아니면 이 대륙을 집어삼키고자 하는 게요? 우리와 로슈르가 싸워, 약해진 틈을 타서 말이오."

"왜 그리 생각하지?"

"난, 조건 없는 호의는 세상에 없다고 믿는 사람이오. 그것은 40년 전, 당신들에게 처음으로 '과학'의 비밀을 전수받은 내 아버지도 그랬을 것이오. 내가 공화국의 호민관으로 선출될 수 있도록 만들어 준 것, 당신들 마음껏 조종하기 위함이 아니겠소."

"……."

아프사라스의 침묵에 두려움을 느꼈지만 자칼롯은 할 말

은 다 해야겠다는 생각에 용기를 내어 입을 열었다.

"왜, 당장에라도 그 무시무시한 무기들을 들고 세상을 정복하러 나가지 그러오. 귀찮고 복잡하게 뒤에서 일을 꾸미지 말……."

"우리는 영원히 지켜보아야 한다는 약속 아래에 놓여 있었다."

"그건 또 무슨……."

어둠 속에서 아프사라스의 눈이 붉게 빛난다고 느껴지는 것은 자신만의 착각일까.

"그것을 어기고 인류의 일에 처음 개입한 때가 5000년 전. 너희의 전설에서 어설프게 표현해 놓았으니 잘 알 것이다."

꿀꺽.

자칼롯이 마른침을 삼켰다.

"잠들어 버린 채 깨어나지 않는 '라 호루스'를 대신해, 인류의 운명을 손에 쥔 신성한 존재, '예호다'. 그는 무척이나 매력적인 제안을 하더군."

"호루스……. 예호다……."

"예호다와 손을 잡거나 한 것은 아니야. 일종의 내기 같은 것이었지. 그리고 곧 그 끝이 보일 것이다."

"그 끝에는 무엇이 있소? 인류의 멸망? 그 기괴망측한 옛 전설?"

아프사라스의 눈에서 붉은빛이 사라졌다. 그는 무슨 생각을 하고 있을까.

"우리는……. 영원히 지켜보는 자이며, 5000년 동안 예호다와 다른 위대한 존재들의 대리를 자처했던 죽지 않는 자들. 다만 약속에 따라, 오직 합리적인 의심만이 우리의 개입을 부를 뿐."

"아아아아! 그만, 제발 그마안!"

자칼롯이 머리를 쥐어뜯으며 소리쳤다.

이자, 아프사라스와 대화를 나누다 보면 정말로 자신이 미쳐 버릴 것만 같았기 때문이었다.

마치 누군가 저들의 머릿속에 수만 가지의 단어들을 넣어 놓고 순서대로 말하게 조종하고 있지는 않을까. 그만큼 명확한 대화가 불가능한 자였다.

"예전, 너희에게 처음 기술을 전해 주고 또 때마다 도움을 준 것은, 스스로 약속을 갉아먹어 온 옛 전설의 조각들이 행한 무책임한 행동들 때문이었다. 또 최근에도 그랬고. 그래야 균형이 맞거든."

최근의 일이라면 혹시 누미비아 해변가?

데일과 자오링의 만남 전후를 말하는 것이 분명하다.

"이 얘기는 이제 그만합시다. 진짜 미칠 것 같소."

자칼롯이 거친 숨을 내쉬며 애원했다.

"난, 이제 나는 어찌 되는 것이오."

"몇 가지 일이 처리되면 젝스나이츠로 복귀할 것이다."

"나 때문에 제국과 마찰이 생겼는데 과연 날 받아 주겠소? 이곳을 나섬과 동시에 내 목이 떨어질 것이 자명하오. 후라니오 가낙…… . 멍청한 척하지만 실제로는 나 이상으로 머리를 쓸 줄 아는 자외다. 각 연합국들 내에 있는 검은 하현달 지휘부도 마찬가지겠지. 내 목을 들고 제국에 용서를 빈 후에 재협상을 벌일 것이오."

"그럴 일은 없다. 당장 전쟁은 일어나지 않을 것이고, 네 목이 사라질 일도 없다. 우리가 가정한 36가지 변수가 발생하지 않는 한."

"일은 일대로 저질러 놓고 무사하길 바란다? 당신들 정말로 책임감이라곤 눈 씻고 찾아봐도 없는 자들이구려."

"자칼롯, 네가 다른 이들에게 해 왔던 말들, 잊었는가."

"무슨?"

"언젠가 제국 놈들의 머리에 불벼락을 내리겠다고 했던 장담."

"……."

"진심이었지 않은가. 너야말로 진정 전쟁을 원했으면서. 잘 생각해 봐."

자칼롯의 표정이 구겨졌다.

"너희 인간들끼리 치고받고 싸우는 것은 상관하지 않아. 거기에 우리의 호의가 들어가 있다 하더라도. 우린 어차피 지켜보는 자들이니까."

자칼롯의 한숨 소리를 들으며 아프사라스가 다시 입을 열었다.

"이 대륙과 다른 대륙들에도 우리에 대해 꽤 알고 있는 자들이 많아. 오래 전부터 조금씩 세상의 일에 손을 올렸다는 것도 파악했겠지. 그러나 그들은 또한 우리가 직접적으로 인류에게 영향력을 행사하지 않을 것이란 사실도 잘 알 것이야."

끼기기긱.

아프사라스가 천천히 몸을 돌렸다. 여전히 요상한 마찰음을 흘리면서.

"어, 어디로 가는 거요! 날 두고 가지 마시오!"

속을 들킨 탓일까. 자칼롯이 한층 불안한 태도를 보이며 애원한다.

"아프사라스! 아프사라스으으으!"

애처로운 자칼롯의 외침을 외면하고 이 차가운 사내는 완전히 어둠 속으로 스며들었다.

*　　*　　*

로슈르 제국 동부에 위치한 콜로스카 주.

볼라스카 지방에서 시작된 누런 물결은 어느덧 이곳까지 닿아 끝없이 펼쳐진 대지를 황금빛으로 물들였다.

이 땅의 농부들이 가장 행복해하는 이때야말로 풍요로운 제국 로슈르의 진정한 가치를 실감나게 한다.

비스텐지아 마을도 마찬가지였다.

건장한 사내들은 농요를 부르며 곡식을 수확하기 바빴고, 그들의 아내와 딸들 또한 잠시도 일손을 놓지 않는다.

그런 모습들을 멀리서 지켜보는 눈이 있었다.

얇은 뿔테 안경에는 이제 막 넘어가기 시작하는 석양이 비치고, 풀어헤친 긴 머리칼이 시원한 바람에 휘날리는 길쭉한 남자.

로슈르 제1국립대학교를 우수한 성적으로 졸업했으며, 한때 제국에서 가장 촉망받는 인재로 소문났던 아타르 슈네인.

어느 날 갑자기 모든 것을 버리고 이 작은 마을의 문학 선생 자리로 내려와 버린 그를 보고 많은 이들이 안타까워했다고 한다.

하지만 그는 그런 것들을 아쉬워하지 않았다.

트라폴리아뿐 아니라 나머지 모든 대륙들에도 힘을 뻗치고 있는 강대한 조직의 주인, 퍼펙트 그레이와 했던 약속 때문일까.

그러나 그는 스스로 그들의 주인에게 다가갔다고 했다. 처음부터 어떤 목적이 있었다는 뜻.

예전, 폰이 말한 것처럼 드러나지 않은 무서운 능력을 감추고 있음이 틀림없는 슈네인이기에 단순히 맹약에 얽매어 있다고 보기는 어렵다.

그의 진정한 의도는 무엇일까. 그리고 그는 누구인가……

"선생니이임~!"

슈네인은 멀리서 자신을 부르며 달려오는 소녀를 보았다.

농업학교 제자인 챠렌.

까무잡잡한 피부에 갈색 머리칼을 가진 귀여운 소녀.

오래전, 데일을 좋아하면서도 표현하지 못해 우물거리던 챠렌의 모습을 떠올리자 슈네인의 차갑던 입가에도 살짝 웃음이 지어졌다.

"헥! 헥!"

자신의 앞까지 쉬지 않고 뛰어온 뒤 숨을 헐떡이는 모양을 그저 차분하게 바라보던 슈네인이 잠시 후 입을 열었다.

"청소는 다 끝났고?"

"네!"

"그냥 집에 돌아가 부모님 일 도와드리지 왜 여기까지 왔니."

"편지 전해 드리려고요."

"무슨 편지? 그냥 내 책상 위에 두면 될 것을."

"데일한테서 온 거예요."

"오, 그래?"

조심스럽게 편지를 건네는 챠렌의 눈빛이 기대감으로 빛났다.

"또 뜯어보거나 한 건 아니지?"

놀리는 투로 묻는 슈네인을 향해 단호하게 고개를 젓는 챠렌. 전에 한 번 개봉했다가 혼쭐이 난 경험이 있었다.

몇 번 키득거리던 슈네인이 천천히 봉투를 열었다.

"흠, 한 달 전에 보낸 편지구나. 이번엔 좀 늦게 도착했네."

한 달 전이라면 데일이 아직 합숙소에 머물던 때였다. 솔윈 자르 보리스가 데일을 만나고 떠난 지 얼마 안 되었을 때이기도 했고.

"뭐라고 쓰여 있어요? 제 얘긴 없나요?"

"읽어 줄까?"

"아뇨……. 그건 아니지만."

부끄러움에 몸을 꼬는 챠렌을 한심한 듯 바라보던 슈네인이 헛기침을 한 후 편지를 읽었다.

"선생님 데일입니다. 축복을 주시는 태양이 만방에……. (중략)……. 선생님께서 참고하라고 하셨던 다섯 기사들과 베난드록이 주고받은 서신에서 뜻밖의 것을 보게 되었어요."

챠렌이 한숨을 쉬며 실망하는 모습에 슈네인이 고소하다는 표정을 지으며 계속 편지를 읽었다.

"각 서신의 뒷면에 서로 다른 그림을 그려 놓았더군요. 방패를 든 곰, 활을 겨누고 있는 사슴, 저울과 가위를 품은 뱀, 두 눈에서 피를 흘리는 여우, 그리고…… 태양을 두 손으로 떠받치고 있는 검은 사자. 베난드록은 친우인 기사들에게 그 그림이 뜻하는 바를 맞춰 보라고 했어요. 전설과 연관 짓는다면 틀림없이 고대용들을 상징하는 것이겠지요. 하지만 그는 결코 그 이름들이 우리가 아는 것과 다르다고 했습니다."

"휴우……."

챠렌이 답답한 숨을 길게 내뱉는다.

"그만할까?"

"정말 제 얘기는 없어요?"

"어."

챠렌이 일어나 엉덩이에 묻은 흙을 툴툴 털었다.

"그래, 가서 일 좀 도와드려라."

"예. 선생님 그럼 가 볼게요."

챠렌은 짧게 인사한 후 후다닥 왔던 길로 돌아갔다.

잠시 그녀에게 머물러 있던 슈네인의 시선이 다시 편지로 향했다.

"……데일. 훌륭하다."

하지만 슈네인의 표정은 어둡기만 했다.

"이제 너도 전설에 대해 의문을 품기 시작했구나. 좋은 현상이야. 당연히 그래야 하고."

쫘아악.

슈네인은 망설임 없이 데일의 편지를 찢었다.

"그러나 부족해."

종잇조각들이 바람에 날려 어지러이 흩어졌다.

슈네인이 일어나 걷기 시작했다.

"그럼, 계속 수고해 줘."

슈네인이 멀리 있는 마을 뒤편 언덕으로 시선을 주었다. 거기에 기다리던 뭔가가 있는 것처럼.

태양이 사라지고 달이 세상을 지배하는 밤.

수확이 한창이던 전답에는 인적은 없고, 쌓아 놓은 곡식자루만이 남아 쓸쓸해 보이기까지 하다.

언덕에 올라 달을 등지고 선 슈네인은 몇 시간 째 말없이 그곳을 바라보고만 있었다.

"뭐하나."

슈네인은 듣기 좋은 음성으로 어둠을 향해 말을 건다.

꿈틀.

슈네인의 한마디에 저쪽 어둠이 흔들렸다.

잠시 후, 어둠 속에서 세 사람이 걸어 나왔다.

하나는 은회색 정복—제국 안전부 공무원들의—을 입었고, 나머지 둘은 경찰 치안대 복장이었다.

"아타르 슈네인?"

정복의 사내가 물었다.

"알면서 왜 묻나."

사내는 슈네인의 편안한 모습에 약간은 당황한 듯 보였다.

"우리가 누군지 궁금하지 않은가?"

"흠, 서로 다른 차림을 했지만 모두 울프 하운드 소속의 사냥개로군."

앞선 사내가 놀란 눈을 치켜떴다.

설마 자신들의 존재가 이처럼 쉽게 드러날 줄은 상상도 못했기 때문일 터.

"우리에 대해 많은 것을 알고 있어. 역시…… 그냥 단순한 학교 선생이 아니야."

"볼일은?"

"같이 가 줘야겠다."

"어디로?"

"그건 알 거 없고. 네가 토해 내야 할 것들이 많아."

뒤쪽의 두 명이 움직여 슈네인 주변으로 둥글게 원을 형성했다.

"저런, 저런. 위대한 마르테가 태양의 품으로 돌아간 지 한 달도 채 안 되었는데 벌써 너희가 움직이다니. 새로운 지휘자는 분명 뛰어난 자일 게야."

"그 입은 나중에 놀려도 늦지 않아."

"대체 무슨 판단을 했기에 날 찾았을까."

으드득.

정복 사내가 이를 갈았다.

이들은 위로부터 아래까지 보리스의 죽음에 슈네인이 속한 비밀 조직이 깊이 관여하고 있다고 생각했다. 완전히 어긋난 판단이기는 하지만 어찌 보면 연관성을 찾을 수도 있다.

"상부에서는 너나 다른 자들을 최대한 멀쩡하게 데려오라고 했다. 조만간 너희들의 은신처를 토벌할 준비도 마쳤

지. 또 너희가 내세운 아이들도 우리의 관리 아래에 놓일
것이다."

슈네인은 이들의 위협에도 불구하고 몇 번 머리를 긁을
뿐, 딱히 긴장한 얼굴이 아니었다.

"신경 쓰이긴 했지만 이 정도까지 올 줄은 예상 못했어.
보리스라는 자, 인간치고는 상당히 뛰어난 능력을 가졌었
군. 예전에 태어났다면 네 마리 늑대들의 자리에 그가 올랐
을 텐데."

슈네인의 말은 무엇을 의미하는 것일까.

네 마리 늑대라면 고대용들이 제렌 디스를 낮추어 부르
던 말인데.

"좋은 게 좋은 거니까 군말 말고 우릴 따라라."

슈네인이 안경을 벗어 가슴 주머니에 꽂는다.

그와 동시에 세 울프 하운드 요원은 머리가 띵해지는 느
낌에 살짝 인상을 찌푸렸다.

"음…… 셋 다 아는 게 많지는 않구먼."

"뭐?"

"아, 아니야. 잠깐 너희 머릿속을 훔쳐봤을 뿐."

"무슨 뜻이지?"

"말 그대로야."

쉬이잉—

슈네인을 중심으로 차가운 바람이 불기 시작했다.

틱, 틱.

슈네인이 손가락을 탁탁 튕기자 부싯돌이 마주치는 것처럼 불똥이 튀었다.

그리고 그 불똥은 바람에 섞여 그의 주위를 회전한다.

그 광경을 얼어붙은 채 바라보는 울프 하운드들.

이미 그들은 입을 살짝 벌린 상태로 슈네인의 급변한 모습에 깊은 의문을 표했다.

"난 단 한 번도 내 손으로 직접 '인간'에게 해를 입힌 적이 없었지. 그럴 필요도 없었고."

틱! 틱! 틱틱!

불똥들은 사라지지 않고 계속 그 자리를 맴돌며 그 세를 불렸다.

"동정…… 아니야. 그럼? 애완견을 바라보는 주인의 마음 같은 것일까."

지금 슈네인이 보여 주는 놀라운 불의 축제는 마법과도 같았다. 세 불청객들이 느끼기에는.

보통 마법사는 국가가 관리하는 것이 철칙.

특히 이 정도 자연스러운 발현을 가능케 하는 능력자는 아무리 꼭꼭 숨어 있더라도 찾아내는 데 오래 걸리지 않는다.

게다가 아타르 슈네인이라는 인간은 예전부터 유명했던 사람이 아닌가.

울프 하운드들은 슈네인이 어느 정도는 실력이 있을 것으로 예상했지만, 이런 숨겨진 힘이 있을 것이라고는 생각지 못했다.

"다 틀렸어. 그건 사랑이었지, 인간에 대한 지독한 사랑. 너무나도 사랑했기에…… 아, 모르겠군. 역설이라고 해 두지."

화아악!

불똥들이 뭉치다 말고 강렬한 빛을 발했다.

그리고 잠시 후. 세 사내의 눈앞에 날개를 펼친 불새의 형상이 나타났다.

"으, 으어……."

공포에 잠식되어 침마저 흘리는 그들을 무심히 바라보는 슈네인.

"죽음이 곧 자비요, 사랑이라는 명제는 너희의 조상들이 내게 일깨워 준 것이다."

슈네인이 그의 손바닥을 펼쳐 세 사람에게로 뻗었다.

동시에 불새가 그들을 향해 빠르게 쇄도해 들어갔다.

*   *   *

"부인 이제 마차에 오르시지요."

잠든 뮤이나를 품에 안고 있는 미모의 금발 여인, 유리아 나는 정중하게 말하는 사내를 향해 고개를 끄덕였다.

"조금 먼 길이 되겠지만 최대한 편안하게 모시겠습니다."

"호의에 감사드립니다."

자신이 데일을 돌보는 대학교 관계자라 밝힌 사내.

그는 실제로 울프 하운드 요원이다.

이들은 지금 데일의 가족을 라로시르로 데려가려고 한다.

열심히 학업에 매진하고 있을 것이라 여겼던 데일이 크게 다쳤다는 소식에 유리아나는 전혀 걱정스러운 표정을 보이지 않고 그들의 이끌림에 응했다.

보통의 어머니라면 창백하게 질려 난리를 치고도 남았을 상황.

또한 일개 대학생의 부상과 관련해, 이처럼 대학 관계자들이 나와 비용까지 부담해 가며 면회를 주선할 필요는 없었다.

자연스럽게 그들을 따라가려는 유리아나가 멍청한 것일까 아니면……

또각, 또각.

마차는 천천히 마을을 벗어나 길게 뻗은 소로에 진입했
다.

마부와 유리아나 모녀를 제외하고 동승한 이들은 셋.

척 보기에도 그저 그런 평범함과는 거리가 있어 보였다.

"그분의 뜻인가요."

뜬금없이 유리아나가 입을 열었다.

"예?"

"보리스 대부님."

언뜻 마주한 요원의 눈가에 살기가 맺혔다 사라졌다.

"부인…… 저희가 누군지 알고 계셨습니까. 저희의 존재
를 아는 이들은 이 제국 내에 많지 않지요."

"……."

"혹, 그분께 무슨 일이 일어났는지는 아십니까."

"모릅니다."

요원은 유리아나의 무표정한 얼굴을 뚫어지게 바라보았
다. 진실인지 거짓인지 파악하기 위해서.

"솔직히 말씀드리지요. 마르테께선, 전대 마르테께서는
이미 태양으로 돌아가셨습니다."

"아!"

유리아나는 짧게 감탄사를 뱉어 냈지만 슬프다거나 안타
깝다는 감정이 드러내지 않았다.

"부인의 아드님이 다쳤다는 말도 사실이 아닙니다. 자연스럽게 부인을 모시기 위해 그리 말한 게지요."

"한데 저희는 왜?"

"그분의 죽음에 아드님이 관련되어 있다는 것이 저희 판단입니다. 아니, 정확히 말씀드리자면 아드님이 아니라 아이들을 소집한 핵심자들이요."

"그렇다면 저와 제 딸아이는 인질인가요."

"……부인. 저희도 전대 마르테와 부인의 가족이 우정 이상의 관계임을 압니다. 그러나 하필 아드님이 이 불상사에 관여한 이들의 선택을 받았다는 것이 문젭니다. 어차피 이렇게 된 거 다 말씀드리겠습니다. 지금쯤 그 사악한 자들을 소탕하기 위해 다른 이들이 움직였을 겁니다. 또, 아드님과 다른 아이들도 저희의 보호 속에 들어왔을 테고요. 부인과 따님은 인질이 아닙니다. 혹시 있을지 모르는 '악인'들의 마수에서 보호하기 위해서라는 이유가 큽니다."

다른 목적이 더 있겠지만, 이 정도로만 말하는 요원에게 유리아나는 알겠다는 뜻으로 고개를 숙였다.

요원은 어째서 유리아나에게 이런 말까지 해 주는 것일까.

명령 받은 그대로만 행동하도록 훈련해 온 이들이 아닌가.

말을 마친 그는 자신이 필요 이상의 말을 했다는 사실에
어리둥절한 모습이었다.

그렇게 마차는 소로를 따라 계속 나아갔다.

덜컹!

갑자기 마차가 크게 요동친 뒤 움직임을 멈췄다. 그리고
요원들의 표정이 굳어지며 내부의 분위기가 삽시간에 차가
워졌다.

"부인…… 절대 마차 밖으로 나가지 마세요. 저희가 해
결하겠습니다."

이들은 이미 '적'으로부터 습격당했음을 직감했다.

끼익.

문이 열리고 세 요원들이 천천히 밖으로 나가 마차 주변
을 경계했다.

고개를 푹 숙이고 자는 듯 미동조차 없는 마부의 목덜미
에 손을 대어 본 요원은 그가 죽지 않았음을 알고 이상히
여겼다.

날카로운 눈으로 사방을 살피던 요원 하나가 정면으로
시선을 돌리다 뭔가를 발견했다.

"……."

큰 키의 남자.

약한 바람에 나부끼는 긴 머리칼.

대충 윤곽만 보고도 그가 누군지 알 것 같았다.

다른 요원들의 손에 놓였어야 할, 요주의 인물 가운데 하나.

아타르 슈네인.

그가 자신들의 길을 막았다는 것은 동료들이 임무에 실패했다는 뜻이다.

혹여나 저들 조직이 개입할까 봐 20명이 넘는 전투 요원들이 마을로 진입 가능한 모든 길을 차단한 상태였다. 만약 침입자가 있었다면 벌써 신호가 왔을 터.

다시 말해 슈네인은 홀로 그를 잡으려 했던 요원들 셋을 물리치고 왔다.

저자의 능력을 과소평가한 결과였다.

"이것으로 확실해졌군. 너와 너희 조직은 제국의 안전을 위협하는 놈들이 분명해. 감히 우리의 마르테를……."

슈네인이 말없이 걸어오기 시작했다.

삑—!

요원 하나가 날카로운 신호음을 보냈다. 이곳으로 동료들을 소집하기 위해서.

그럼에도 슈네인은 일말의 불안감조차 느끼지 않은 채 다가와 어느새 이들과 가까이 섰다.

"스물넷이던가?"

"뭣?"

"이 마을 주변으로 넓게 포진했던 녀석들."

"어, 어떻게."

씨익, 웃는 슈네인의 얼굴에 요원들은 소름이 돋는 걸 느꼈다.

"거 참, 쓸데없는 짓들을 하는군."

슈네인은 마차를 흘끗 보았다가 곧 고개를 절레절레 흔든다.

"이노옴!"

요원이 손에 든 단도를 가슴 앞까지 들어 올리며 공격 자세를 취했다.

"윗분들은 널 살려 데려오라 하셨지만, 어쩔 수 없다. 네놈의 시체라도 끌고 가는 수밖에."

말은 이렇게 했지만 그리 되지 않을 거라는 것을 이들도 잘 안다.

탓!

요원 하나가 허공으로 도약해 슈네인의 머리를 노리고 들어왔다.

그의 머리가 두 쪽으로 갈라질 찰나, 슈네인이 가볍게 두 손을 들어 손뼉을 친다.

화르륵!

풀썩.

치이익.

공중에 뜬 채, 짧은 시간 강렬한 불꽃에 휩싸였던 요원은 입고 있던 의복이 홀라당 타 버려 알몸으로 땅에 떨어졌다.

그리고 그는 살짝 고기 타는 냄새를 풍기며 꿈틀거리다가 곧 미동을 멈췄다.

"끄윽!"

남은 자들은 이 순간, 자신들이 슈네인의 상대가 되지 못함을 확실히 자각했다.

슈네인은 홀로 정예 울프 하운드들을 몰살시키고 이곳에 나타난 자였다.

자신들의 운명도 먼저 간 동료들과 다르지 않게 될 것임은 명확했다.

"왜 날 건드리고 그러나. 그렇지 않아도 짜증나는 판에."

짝! 짝!

두 번의 박수 소리가 울린 뒤 강한 열기가 사방으로 퍼졌다.

끼이익.

유리아나는 마차 문을 열고 들어오는 남자를 빤히 바라

보았다.

벗었던 안경을 다시 쓰면서 묘한 미소를 보내 오는 남자, 슈네인.

그녀는 그가 맞은편에 털썩 앉으며 흐트러진 머리를 묶는 광경을 묵묵히 지켜본다.

"놀랐나요?"

"솔직히."

"놀란 사람 얼굴이 아닌데……."

"슈네인 선생님, 당신은 누구십니까?"

유리아나는 저도 모르게 뮤이나를 꼭 안으며 물었다.

"이제는 문학 교사라고 말씀드려도 안 믿으시겠지요."

"처음 뵐 때부터 신뢰가 가는 분은 아니었습니다."

"풋."

"왜 사람들을 해쳤죠?"

"제가요?"

"……."

"전 누구도 죽이지 않았습니다. 깊이 잠들게 해 준 것이 다예요. 단, 깨어난 뒤 아무것도 기억하지 못할 겁니다."

사실이었다.

슈네인은 이곳에 나타났던 사냥개들의 목숨을 거두지 않았다. 그들에게 지독한 고통과 함께 망각을 선물해 주었을 뿐.

"의외로군요. 선생님에겐 저들의 죽음이 더 편한 길일 수도 있을 텐데요."

슈네인은 빙그레 웃으며 이 물음에 답하지 않았다.

"전, 선생님께서 제 아들을 아끼시는 모습을 보고 진심이라 느꼈습니다만."

"사실입니다. 데일은 부인께도 그렇지만 제게도 정말 소중한 존재니까요."

"상황을 보니 선생님의 이런 행동으로 인해 그 아이에게 피해가 갈 것 같군요."

"아뇨, 그럴 일은 없습니다. 누구보다 데일에 대해 잘 아시는 분이 왜 이러실까."

유리아나는 실실 웃으며 장난을 걸어오는 슈네인을 굳은 얼굴로 바라본다.

"귀찮은 일들이 벌어질 것은 확실해요. 계획에 없던 일들이 너무 많이 일어났으니까."

"계획?"

"예. 꽤 오랜 세월을 허비해 가며 세웠던 계획이었죠."

슈네인은 입맛을 다시며 뭔가에 대해 아쉬워했다.

"일단 댁으로 가실까요? 아니면 어디 먼 곳으로?"

"여기서 대화를 끝냈으면 합니다."

유리아나가 선을 그었다.

이 위험스러운 사내와 함께 있다는 것 자체가 불운의 시작일 수도 있기 때문이다.

"그럼 한 가지만 묻죠."

"말씀하세요."

"로그…… 부인의 남편이자 데일의 아버지. 그는 지금 어디에 있습니까?"

유리아나는 순간적으로 비명이 터지려는 자신의 입을 막았다.

"자, 어때요? 이제 조금 더 대화할 마음이 생겼지요?"

유리아나는 저 다정해 보이는 웃음이 무척이나 징그럽게만 느껴졌다.

2장
거래

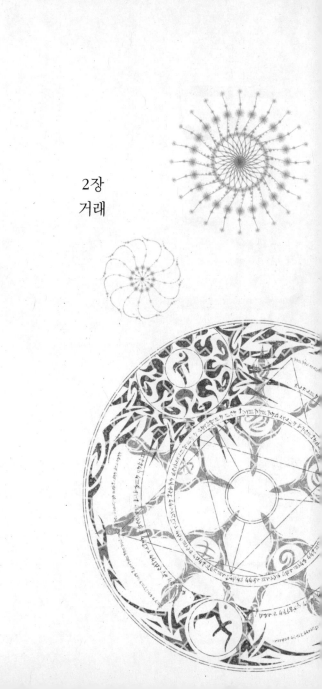

RAJA RANI

"알고 있던 것과는 너무 다르구나."

그리 크지 않은 식탁에 앉아 호밀빵을 입에 구겨 넣던 소년이 중년인의 음성에 고개를 들었다.

"켁! 켁! 아, 뭐가요?"

급히 대답하려다 목이 막혔던 검은 머리 소년, 데일이 간신히 입을 열었다.

"네 행동 하나하나가 말이다. 보고서를 작성한 요원들의 급료를 당분간 동결해야겠군."

"크크."

감시자들이, 조용한데다가 소심하기까지 하다고 평가했던 데일.

그러나 중년의 남자, 카리융의 눈에 비친 데일은 무척이나 활달하고 또 영악해 보였다.

충분히 배를 채운 데일이 입을 슥슥 닦으며 카리융이 베푼 만찬에 감사를 표했다.

"한데 다른 아이들을 그냥 저렇게 재워 두고 있어도 괜찮나?"

키릭을 포함한 네 명은 지금 이 순간에도 마차에 누워 잠이 든 상태.

하지만 데일은 그들에게 별로 신경을 쓰는 눈치가 아니었다.

"음, 제 이런 모습을 보여 주고 싶지는 않네요. 우리 다섯의 관계는 '당분간' 신뢰로 유지되어야 하거든요. 그것이 무너지면……."

뒷말을 흐리는 투로 보아 꽤 곤란한 일이 벌어질 것임이 틀림없다.

"어째 조금 더 쉴 테냐?"

"아뇨. 저도 시간이 많지 않으니 이곳에서 말씀을 나누도록 하죠."

카리융이 슬쩍 고개를 돌려 근처에 서 있던 살루키 요원에게 물러가라는 신호를 보냈다.

명을 받은 그가 조용히 배틀액스 홀을 떠나고 잠시간 침묵이 감돌았다.

"꼬마야."

"옙."

"네가 말한 거래. 그것의 의미를 알고는 있는 거냐?"

"주고받는 것."

"맞다. 거래라는 건 같은 조건, 같은 가치를 지닌 것이라야 한단다. 보아하니 난 네게 줄 것이 많지만, 넌 그래보이지는 않는구나."

"때로는 한쪽이 손해 보는 장사도 있는 법이죠."

카리옹이 허탈한 웃음을 지었다.

왠지 이 꼬마에게 농락당했다는 생각이 들었기 때문이다.

"아, 오해는 하지 마세요. 황자님께 손해를 강요하는 건 아니니까."

"허허허허."

끌린다.

카리옹은 처음 만나는 이 기이한 소년에게 묘한 친근감이 들었다.

"손해를 감수하는 건 오히려 제가 될 겁니다. 그러니 안심하고 대화를 이어 가도록 하죠."

"그럼 말해 봐라. 너의 요구 조건부터 들어 보자."

"황제의 자리에 오르세요."

"뭣!"

카리융이 벌떡 일어나며 고함을 질렀다.

볼살이 푸들푸들 떨릴 정도로 크게 당황한 그는 당장에라도 데일의 목을 날려 버릴 듯 허리에 찬 검에 손을 올렸다.

"무리한 요구였나요?"

천진한 얼굴로 고개를 갸우뚱하는 데일.

누가 보더라도 방금 한 말이 가지는 파급력에 대해 모르는 눈치였다.

"후우…… 후우……. 꼬마야, 네가 정말 모르고 한 소리라면 꾸중으로 덮을 수 있다. 하지만 불손한 의도가 들어 있다면 너와 네 친구들은 내일 아침 광장에 주렁주렁 매달릴 수 있다. 알고서 한 말이냐?"

"아니, 바보들의 세상을 바로잡겠다는 것인데 왜 그리 흥분하시죠?"

"바보? 허! 네가 말하는 바보가 누군지 궁금하구나."

침착함을 되찾은 카리융이 털썩 앉았다.

"전부 다요. 누군가의 진짜 뜻을 오해한 자들과 그것에 자신의 욕심과 빗나간 신념을 얹어놓고 멋대로 세상을 움직이려 한 자들. 아, 이제는 저조차도 무엇이 진실인지 헷갈릴 때가 있어요."

머리를 긁으며 코끝을 찡그리는 데일은 17세에 접어 드
는 실제 나이와 달리, 천진난만한 아이의 모습 그대로다.

12, 3세 정도로밖에는 보이지 않는.

그런 아이가 황제의 자리를 언급했다.

그리고 그것을 듣고서야 카리용은 지금 자신의 앞에 있
는 거래 상대가 무척이나 비정상적인 존재임을 자각했다.

처음엔 어떤 냄새 나는 음모의 '꼬리'로만 여겼다.

그 다음에는 소름이 돋을 만큼 이상한 행동을 하는 아이
로 판단했다.

꼬마의 거래에 응했던 것은, 절반은 재미, 절반은 카리용
자신이 새로운 마르테임을 바로 맞추어 버린 데일의 신비한
힘에 호기심을 느꼈기 때문이었다.

황제의 자리? 저 꼬마는 너무 멀리 나아갔다.

"못 들은 것으로 하자꾸나."

"후회하실 텐데……."

"왜지?"

"그가 깨어나기 전에 이 바보짓을 멈춰야 하니까요."

"내가 권좌에 앉으면 뭔가를 멈출 수 있다는 말이냐."

"가능성은 생기죠."

카리용은 살짝 짜증이 일어났다.

정확한 답을 회피하고 계속 모호한 말을 내뱉는 데일에게.

"짜증스러워하지 마세요. 다 말해 주지 못하는 저도 답답하니까요. 하지만 몇 십 년 만에 돌아온 기회거든요. 말씀드릴 필요는 충분했죠."

"말도 안 되는 요구 조건을 걸고, 게다가 설명도 못한다? 그러면서 거래를 하자고 하니 더 이상 너와 할 말이 없구나. 너와 네 친구들, 모두 우리의 보호를 받으며 이곳에 머물 것이다. 재교육 이후, 다시 세상 빛을 보게 될 것이고."

여전히 반신반의 하면서도 카리융은 서둘러 이 자리를 마무리하고 싶어졌다. 이 멍청한 거래에 응했던 자신을 욕하면서.

또 그가 급히 움직이는 다른 이유도 있었다.

데일의 검은 눈동자를 마주하고 있으면 갑자기 어딘가로 끌려 들어갈 것만 같은 불안함이 밀려왔기 때문.

"……태양."

"뭐?"

일어서려는 카리융은 낮게 들려오는 데일의 음성에 저도 모르게 반응했다.

분명 태양이라는 단어를 말하기 전, 그 앞에 다른 단어가 있었다.

그것도 자신이 잘 아는.

"호난의 태양을 찾아 드리죠. 수천 년 동안 세프라임 일족이 그토록 찾고자 했던 고대 시론의 상징을요. 단, 진짜로 황제가 되셔야 합니다."

"너, 너, 너!"

카리융은 공포가 실체화되어 해일처럼 자신을 삼킬 것 같은 압박감에 말을 잇지 못한다.

*   *   *

호난의 태양.

그것이 정확히 무엇인지는 아무도 모른다.

아니, 그 이름을 아는 이들조차 이제는 거의 없었다.

고대의 문학이나 야사의 일부, 제멋대로 해석되어 온 전설에나 잠깐씩 언급되는 상징.

그것이 실제로 존재한다 치고 누군가가 발견한다면, 세상이 뒤집어질 정도로 큰 반향을 불러일으킬 것임에 틀림없다.

데일은 세프라임 일족, 즉, 현 제국의 황실이 그것을 애타게 원하고 있다 말했다. 그것을 어찌 알고?

초대 군주 발타스 세프라임 이후, 호난의 태양을 획득하는 것은 황실의 지상 과제였다.

다만, 사명감만을 부여받았을 뿐, 그에 대한 비밀스러운 사연들은 황제와 황태자만이 공유해 왔다.

그러나 지난 5000년의 세월은 그런 사명감을 희석시키기 충분한 시간이었다.

이제는 황실의 누구도 그것을 거론하지 않을 정도로.

카리융 자신도 어릴 때, 황태자 카본과 함께 현 황제에게 몇 번 들은 것이 다였다.

하지만 그때, '아버지'의 강렬했던 눈빛을 카리융은 잊지 못했다.

그리고 아버지 황제는 그의 목에 은색으로 빛나는 작은 원형 도끼를 닮은 목걸이를 걸어 주었었다.

아무런 말도 없이.

"정말 이대로 아이들을 보내려 하십니까?"

옆에서 묻는 사내의 말에 생각에 잠겨 있던 카리융이 정신을 차렸다.

"그리 약속했으니 지켜야지. 자네들도 두말하는 주군을 신뢰할 자신이 있나?"

"……."

"그럼 저들을 배웅하도록 하지."

카리융이 앞서 홀을 나섰다.

넓지 않은 광장은 그대로였다.

마차가 한 대 있고, 그 주변으로 몇 명의 병사들이 횃불을 든 채, 경계를 취하고 있다.

마부석에 있던 덩치 큰 북부인은 안으로 옮겨졌는지 보이지 않는다.

삐걱.

그때 마차의 문이 열리고 데일이 나왔다.

땀을 뻘뻘 흘리며 식식거리는 모양으로 보아 직접 키릭을 마차 안으로 들어 넣은 듯했다. 저 조그마한 몸으로 그것이 가능키나 했을까.

"휴우, 세상에서 제일 무거운 사람이 누군지 아세요?"

비틀거리며 다가온 데일이 카리융에게 물었다.

"아니."

"죽은 사람."

"……그렇구나."

"그 다음으로 술 취한 사람, 또 그다음이 잠든 사람이래요."

카리융은 말없이 데일을 바라보기만 한다. 이 아이의 말이 무슨 뜻인지 곱씹어 보면서.

찰랑!

데일이 몸을 움직이자 그의 품에서 금속의 마찰음이 미약하게 울렸다.

그것은 자신이 가졌던 그 목걸이였다. 황제가 주었던 선물인.

손해만 볼 수 없다며 대가를 요구한 데일은 카리용의 목걸이를 원했다.

약간 망설였지만 그는 결국 세 가지 조건을 더 걸고 그것을 데일에게 주었다.

"그럼 슬슬 약속을 지키러 가 볼까요?"

"잉그하임의 아들아."

"예?"

"난…… 무엇을 하여야 하는 게냐."

고귀한 신분의 황자가 평민 아이에게 조언을 구한다.

"노력이죠. 최대한 할 수 있는 모든 방법으로. 그래도 안 된다면 그건 어쩔 수 없는 거고요."

"난 네게 큰 힘이 있다는 사실을 이제 믿는다. 네가 굳이 나에게 뭔가를 바라지 않고도 충분히 원하는 것들을 이룰 수 있는 그런 힘 말이다. 그런데 왜?"

데일이 고개를 들어 밤하늘을 가득 채운 별무리를 따라 시선을 움직였다.

그리고 마침내 빛나는 달을 눈동자에 담았다.

"별을 지켜보는 이들이 있어서요. 그들은 수천 년 전부터 하늘을 바라보았답니다. 태양과 달, 그리고 여러 이름들을 상징하는 별들. 그것을 통해 저의, 우리의 발현을 감시해 왔던 거죠. 서로에게 씌운 굴레와 같은 맹약을 이행하기 위해서. 지금도 그들은 보고 있어요. 그리고 곧 책임을 따지겠죠."

"네 말은 내게 어떠한 해답도 주지 못하는구나."

"히히, 황자님께서 직접 노력하는 모습은 보이셔야죠. 굳건한 미래를 원하신다면."

"마차는 네가 직접 몰 것이냐? 사람을 붙여 줄 수도 있다."

데일은 고개를 절레절레 흔들며 거부의 뜻을 밝힌다.

"다음에 만날 때는 네가 주기로 했던 것을 나도 볼 수 있겠지?"

"살아 계신다면…… 하지만 저와 황자님의 만남은 오늘로 끝입니다."

카리용이 무슨 말을 하느냐는 듯 얼굴을 씰룩거렸다.

"아마 다른 모습의 저를 보실 겁니다. 전 아직 숨 쉬며 살아갈 존재가 아니어야 하니까요. 언젠가 다시 절 보시고 싶다면……."

휘이이잉—

바람이 둘 사이를 맴돌다 사라진다.

"끝까지 살아남으세요."

소년은 유난히 살아남으라는 말을 강조한다.

이 말을 마지막으로 데일이 마차 안으로 들어갔다.

내부 커튼이 내려지고 누구도 그 안을 들여다볼 수 없는 상태가 되었다.

그렇게 한참 동안 마차와 그 주변은 고요로 잠겼다.

탁탁탁탁.

카리용에게 요원 하나가 달려왔다.

"마르테."

"말하라."

"그것이······."

"실패했나?"

요원이 침묵으로 긍정했다.

"요주의 인물들은 모두 몸을 피했겠지. 다른 곳은?"

"파악된 7개 지구 모두가 같았습니다. 또한 합숙소를 드나들던 교사들도 행방이 묘연합니다."

"저들도 지금은 몸을 사릴 작정이겠지. 계획이 어긋나 버렸으니까."

"저 애들을 이용하심이……."

"내가 봤을 땐 말이야. 이제 놈들도 저 아이들을 제어할 수 없어. 처음부터 그러했을지도 몰라. 모두가 속은 게지."

카리융은 데일과 자신이 맺은 관계가 다른 이들의 그것보다 더 밀접하다는 사실에 살짝 흥분이 일어났다.

웅— 웅—

갑자기 마차를 중심으로 기묘한 소리가 퍼졌다.

당황한 병사들이 창을 내려 마차를 향해 공격 준비를 마쳤고 요원들이 순식간에 카리융의 주위를 에워쌌다.

파앗!

북에서 바람이 빠지는 소리와 함께 강렬한 금빛이 모두의 눈을 가렸다.

슈우우우우.

카리융이 눈을 떴을 때, 마차는 그곳에 있었다. 모두가 어리둥절해하며 서로를 돌아보았다.

척, 척.

카리융이 주변을 물리치고 마차를 향해 걸었다.

긴장감 가득한 이곳에서 아무도 그의 걸음을 막지 못했다.

덜컹!

이 용감한 황자는 한 치의 머뭇거림도 없이 마차의 문을 열었다.

"……과연."

없었다.

어지러이 쓰러져 있어야 할 아이들과 데일은 온기조차 남기지 않고 사라졌다.

병사들은 공포에 질려 뒷걸음질을 쳤고 강심장이라 자부하는 요원들조차 뱃속에서 무언가가 철렁 내려앉는 듯 창백한 얼굴을 숨기지 못한다.

"마, 마르테. 이건…… 이런 마법은 듣지도 보지도 못했습니다만."

"글쎄…… 이것이 정말로 마법에 불과한 걸까?"

이 자리, 어느 누구보다 침착한 자세로 카리융이 중얼거렸다.

삐이익─!

이것은 긴급한 전서가 도착했을 때 보내는 신호.

하늘 높이 독수리가 별궁을 선회한 뒤 어딘가로 내려앉는다.

그리고 잠시 후, 독수리가 가져온 전언을 들고 요원 하나가 황급히 카리융에게 달려왔다.

척.

작은 종이를 건네 받고 거기에 쓰인 글자들을 빠르게 읽어 가는 카리융.

"1호 실패, 3호 실패, 4호 실패, 게다가 잉그하임 부인과 그 딸도 행방불명이라⋯⋯."

씁쓸한 표정으로 카리융이 입을 열었다.

"자네들을 너무 과신했나 보군."

자신만만하게 코치들을 잡으러 갔던 요원들을 말함이다.

사냥개들이 다섯 아이들의 뒤를 캐내기는 어려운 일이 아니었다. 그들이 밟아 온 길을 역으로 살펴보기만 하면 되었으니.

이미 이전부터 개입이 의심되는 몇몇 인물들과 가상의 존재들에게 1호부터 5호까지 번호를 매긴 상태.

최근 카리융의 지시에 따라 작전을 개시했고, 그중 드러나지 않은 자오링의 후원자와 키릭의 사부라는 노인을 제외하고 나머지 셋을 동시에 급습했다.

하지만 모두 실패했다.

역시나 어둠 속에 숨어 있는 상대 조직은 보통이 아니었다.

"외교적 마찰을 감수하고서라도 시엔 제국에 요원들을 파견해야 하나."

그러나 카리융은 금방 그 생각을 지웠다.

비교적 우습게 봤던 문학 선생과 노쇠한 사령관, 중년의 군의관을 잡으러 보냈는 데도 임무를 완수하지 못했는데, 정체도 모르는 나머지를 어찌 감당할까.

"일단 흔적을 계속 찾아서 놈들을 추적하도록. 작전 실패의 책임은 그때 가서 따지겠다."

"옛."

"기가 막히는군. 아이들이 사라지자마자 날아온 전서라니…… 쯧."

카리웅이 혀를 차며 돌아섰다.

그때 또 누군가가 후다닥 카리웅에게 달려왔다.

이제는 귀찮다는 표정마저 지으며 그를 보던 카리웅은 그가 별궁 관리 총책임자임을 알고 잠시 걸음을 멈췄다.

"무슨 일인가."

간단하게 예를 보인 관리자가 땀을 훔치며 입을 열었다.

"황자 전하 늦은 시간 죄송하오나 갑작스러운 방문 요청이 있기에……."

"당분간 외부 인사들의 방문을 허용치 않겠다 하였거늘. 그것도 이 시간에?"

"구, 국무부 장관 아날로프 콘 비델 경이 찾아왔습니다. 하도 간곡히 면담을 요청하여서 저도 일단 여쭙겠다고는 하였습니다만."

"비델 경이 왜?"

솔직히 별로 마음에 드는 자는 아니었다.

제국의 수많은 장관 관료들을 통틀어 가장 막중하다 할 수 있는 자리에 있으면서도 그에 걸맞지 않는 행동을 보여 왔기 때문만은 아니었다.

그에게는 불편한 무언가가 있었다. 마치 교활한 뱀을 마주하는 기분이랄까.

그의 가문이 가진 지위가 높지 않았다면, 그의 핏줄들이 제국 내에서 상당한 영향력을 행사하지 않는다면 대놓고 경멸했을 수도 있는 무능한 자.

그런 그가 왜 자신을?

"……."

"어찌하면 좋겠습니까, 황자 전하."

"들여보내. 한 시간 정도 후에."

"말씀 전하겠습니다."

관리자가 서둘러 광장을 떠나고 난 뒤, 카리용의 명을 받은 요원들이 빠르게 모습을 감추었다.

몇 명의 병사들이 두려워하면서도 마차를 끌고 사라지는 광경을 바라보는 카리용.

"살아…… 남으라고?"

답해 줄 이는 이곳에 없다.

"어쩌면 말이다……. 나야말로 가장 두렵고 힘든 요구를 수용한 것일지도 모르겠구나. 황제의 자리라…… 살아남으라는 말은 너 또한 내가 가야 할 길이 위험함을 알기 때문이겠지? 뭔가 또 다른 비밀이 숨겨져 있을 수도 있고."

카리용의 눈이 달로 향했다. 데일이 진지하게 바라보던 바로 그곳으로.

"별을 지켜보는 자? 그건 무슨 의미일까. 타인들에게 무서운 존재임이 확실한 너조차 경계해야 하는 자들. 그 때문에 너와 네 친구들이 어떤 제약에 묶여 있음이 틀림없을 터. 저 달에, 하늘의 별들에 내가 볼 수 없는 것들이 섞여 있다는 말인가? 그것이 너희의 존재를 밝혀 주고?"

카리용은 아까와는 달리 이상하게 달빛이 흐려져 있다는 생각을 했다.

"세상에서 가장 무거운 사람은 죽은 자라는 네 말. 나에게 무엇을 일깨우고자 한 말일까. 어렵구나……."

왠지 모르게 오싹한 기분이 든 카리용은 머리를 흔들며 거처로 걸음을 옮긴다.

*　　*　　*

―……마지막이다.

"응?"

—간섭하는 것도 이게 마지막이라고.

데일은 흐릿한 안개 속에서 들리는 소리에 눈을 뜨고 주위를 두리번거렸다.

—진짜 정신이 없네.

"누구…… 그리고 무슨 말이지?"

—이리 와.

낯설지 않은 음성이 이 말을 끝으로 사라지자 안개가 갈라지며 길이 열렸다.

약간은 두려우면서도 왠지 이 길의 끝까지 가 보아야 할 것만 같은 느낌.

데일은 용기를 내어 안개 속으로 들어갔다.

속성을 가진 생물체로서의 지각도 없다.

시간의 흐름도 존재하지 않는다.

이 공간은 마치…… 예전 황금의 드래곤을 꿈꾸었던 그곳과 같지 않은가.

안개가 옅어졌다. 조금씩 선명하게 보이는 그 너머에 무언가 있었다.

공간을 채운 어둠이 초라하게 느껴질 정도로 깊이 가라앉은 흑암의 날개.

너울거리며 자신을 끌어당기는 날개를 보노라니 이유 없이 눈물이 날 것도 같았다.

허공으로 끝없이 어둠을 뿌려 대는 날개가 천천히 접혀지고…….

그리고 그 아래에 날개의 주인이 모습을 드러냈다.

"아!"

데일은 터져 나오는 신음을 삼켰다.

"나…… 내가 아닌가."

자신과 똑같은 모습을 한 아이가 그곳에 있었다.

다만, 금발과 푸른 눈의 데일과 대조적으로 흑발에 검은 눈동자를 소유했다는 것이 차이.

"……이런 꿈, 싫다."

오들거리는 소름이 전신을 덮었다.

―꿈? 틀렸어. 자각의 일종이지.

검은 데일이 말을 걸어왔다. 이제 보니 저 음성, 자신의 것에 다름이 없다.

―똑똑한 척은 혼자 다하더니 이런 결과까지 불러 왔구나.

이상하게 저 말은 자신을 향해 하는 것 같지는 않았다.

―낚여서 신나게 파닥거려 본 기분은 어때?

"무슨 말이야."

—욕심이라는 병에 걸린 한 녀석 때문에 모든 것이 일그러져 버렸다. 정말 모르겠나?

　알 것도 같았다. 단지 확신이 없었을 뿐.

　하지만 왜 이런 기분이 드는지 데일 스스로도 이해할 수 없었다.

　—뭐, 이젠 상관없어. 하늘은 열렸고, 별들이 움직였으니까. 앞으로 남은 건 시간과의 싸움일 테지.

　"……."

　—넌 나를 알아. 네 자신이기도 하니까. 그리고 세포의 명령에 따라 깊이 숨죽이고 있는 황금의 아들 또한. 그렇지?

　"어."

　—다행이로군. 넌 적어도 오해하고 있지는 않으니까. 멍청하게 자신이 유일한 독립체로 알고 있는 네 진짜 주인 될 존재처럼 말이야.

　"알려 줘. 나의 꿈에 자리하고 있는 이유."

　—좋은 자세야. 시간이 없다는 것을 이해했으니까. 나를 통해 전부 보았다는 뜻이겠지.

　"이제 생각나. 로슈르의 2황자와 했던 얘기들. 내 입에서 나왔지만 너의 의지였던 그것들."

　—훌륭해. 우리의 부모가 영원히 막아 놓고자 했던 벽을

어느새 허물었구나.

"부모……."

깊이가 없는 곳으로부터 원망이 살짝 올라왔다.

—이제 말해 줄게. 너흰 형편없이 부족해. 다섯이 막아
설 거라는 예언에 감히 다가설 수도 없을 만큼.

"내 생각이 맞았구나. 우리가 예언의 주인이었어."

—100점 만점에 50점. 나머지 50점은 너희에게 달렸
다. 어쩌면 저주에 가까운 유전의 그릇을 깨어 버리는 것을
포함해서.

"그건 원래 다음 세대에 발현되었어야 할 저주가 아니었
어?"

—……간단하게 가자. 호난의 태양을 찾아. 그 길이 바
로 너희 다섯이 완전해지는 길과 일치할 테니까.

"어떻게?"

—멍청이. 바보들의 세상에 살더니 함께 바보가 되어 버
렸구나. 우리가 오래전 인간들에게 맡겼던 조각이 네게 있
는데.

"호난의 열쇠……."

—그래. 그것이 길을 열어 줄 거야. 전능한 아버지, 라
자린의 품으로.

"네가 해."

—얼씨구?

"난 자신 없어. 약하기만 한걸."

—모른 척하는 건가? 현생한 다섯 중 가장 최악의 존재가 누구였더라?

"……나."

그리고 그렇게 만든 이들은 다름 아닌 자신의 아버지 로그와 어머니 유리아나.

—이제 데일이라는 이름을 가진 생물에게 더 이상의 간섭은 없어. 난 다시 세포의 벽에 가로막혀 깨어나길 기다리는 0과 1의 조합으로 돌아가겠지.

"왜?"

—그들이 주시하고 있다. 이미 여러 차례 심기를 건드렸어. 세포의 명을 거부함으로 인해 5000년 전의 맹세가 흔들렸다는 것만 알아 둬. 또 예언으로 포장된 그날을 늦추기 위한 행동이었다지만 약속은 약속. 이제 검은 데일은 없어. 무슨 말인지 알겠지?

"그들이라면……."

—지켜보는 자—죽지 않는 자—들. 그들은 하늘 끝에 있는 만물의 아버지와 우리의 자아를 상징하는 별을 주시하고 있다. 달과 별들이 더 큰 빛을 발할 때마다 변수가 생기거든.

"이해했어. 앞으로 너를 꿈꿀 일은 없다는 거."

―깔끔하게 결론을 내려 주니 고맙군. 아, 하나 더. 지금의 기억, 잊으라고 충고하지. 이유 따위는 묻지 마. 머릿속에 목표와 당위성만 새겨 두면 돼.

데일은 마음속으로 자신을 닮은 어두운 존재에게 그러겠다고 답했다.

―예전에도 그랬던 것처럼 그냥 가는 거야. 길을 제시해 주었으니까. 나머진 네가, 너희가 찾아.

슈우우웃!

공간이 급격히 일그러지기 시작했다.

그리고 곧 장막과 같은 형태를 그리며 검은 데일의 몸으로 빨려 들어간다.

자연물이 있다면 그 영혼마저 삼켜 버릴 정도로 엄청난 흡입력.

하지만 데일은 어떠한 충격도 느끼지 못하고 멍하니 그 변화를 바라보았다.

크릉.

거대한, 그리고 칠흑 같은 덩어리가 움직였다.

미미하게 흐르는 검붉은 안개를 몸에 두르고 진동하는 괴물체.

그 가운데서 두 개의 붉디붉은 점이 가늘게 찢어졌다.

"제르…… 호바."

심연을 갉아먹는 전율.

흑룡이 안개 속에서 육중한 몸을 움직였다.

제르 호바는 긴 모가지를 하늘 끝까지 뻗치고 천천히 아가리를 열었다.

스으으읍! 콰아아아아!

잠깐 숨을 고르는가 싶더니 왜곡된 공간을 향해 검은 형체와 대비되는 하얀 브레스를 쏘아 냈다.

"어억!"

있을 리도 없는 땅이 흔들렸다. 그리고.

그 거대한 몸체는 끝없이 뿜어 나가는 브레스에 맞추어, 안개와 함께 서서히 분해되어 사라져 갔다.

"……차라리."

다시 펼쳐진, 영원한 어둠이 지배하는 공간에서 데일의 목소리가 조용히 울렸다.

"제렌 디스들의 바람처럼 죽어 다시 태어나는 게 옳았을까."

쓸쓸하다. 또 답답하다.

"깨어 있다면, 보고 있다면…… 말해 줘요, 황금의 탄타쿨. 이 길이 옳은 것인지."

그러나 어느 곳에서도 답변은 없었다.

"세상을 구하겠다는 신념 따위가 아닌 건 알아. 당신이, 내가 정해 놓은 운명을 원래 자리로 되돌릴 뿐이라는 것도."

데일은 적어도 이 순간만큼은 하늘의 끝에 서서 모든 것을 지켜보고 있는 듯했다.

"정말로 꿈이기를……."

눈을 감고 돌아서는 소년의 모습은 초라하기만 하다.

데일이 눈을 떴을 때, 검은 공간은 사라지고 없었다.

주변에 누워 있는 아이들과 푸른 잔디, 막 먹구름이 몰려오기 시작하는 하늘, 사방에서 육체와 정신을 압박하는 불쾌한 기운들.

그리고 아주 먼 곳에서 누군가 자신들에게 손짓하는 것만 같은 묘한 느낌.

"내 의지야."

아니.

"그렇죠?"

누구에게 묻는 것일까. 데일의 시선은 까마득한 하늘 어딘가에 닿아 있다.

*　　*　　*

자오링은 늘 그랬듯 장샤오펭과 새벽 대련을 치르는 중이었다.

그날따라 유난히 십자성의 맨끝에 위치한 별이 빛을 발하고 있었다.

이상하게도 기분이 들뜬 자오링은 평상시와 다르게 강력한 무력을 끌어냈고, 결국 한 손으로만 그녀를 상대하던 사부의 두 손을 다 펼치도록 만들 수 있었다.

갑자기 하늘에서 어떤 빛의 덩어리들이 자신에게 쏟아지는 것만 같은 착각이 든 순간, 자오링은 정신을 잃었다.

얼마나 시간이 지났을까.

자오링은 힘없이 중얼거리는 사부의 음성을 들었다.

"……녹색의 용이라…… 과연."

눈을 떴을 때 장샤오펭은 십 년은 더 늙어 보일 정도로 지친 기색이 가득했다.

그리고 자오링을 향해 보내는 허망한 웃음.

자오링이 일어나자 그녀에게 다가오라 손짓하는 장샤오펭의 눈빛은 일월천하를 진동시키는 절대 무인의 그것이 아닌 죽어 가는 호랑이의 마지막을 연상케 했다.

"사, 사부."

"잘 잤느냐."

뭔가 울컥하는 기분에 자오링은 말을 잇지 못했다.

"정신 차려 이것아. 옷 좀 챙겨 입고."

"에? 꺅!"

어느새 알몸이 되어 버린 줄도 모르고 장샤오펑의 앞에 꿇어앉았던 자오링은 크게 놀라 비명을 질렀다.

딱!

장샤오펑이 손가락으로 그녀의 이마를 때렸다.

한데…… 아프지 않았다.

차가운 무언가가 이마를 통해 몸 전체로 퍼지는 느낌?

한참을 눈 감은 채 인상을 쓰던 자오링이 눈을 떴다.

하늘은 먹구름으로 가득했다.

툭. 투둑.

이마에 떨어지는 굵은 빗방울들이 자오링의 멍했던 정신을 깨웠다.

"차갑네."

여기는 어디일까. 분명 친구들과 함께 마차에 타고 있었는데.

"끙."

간신히 상체만 일으켜 주변을 살피려 애썼다.

끝없이 펼쳐진 푸른 잔디. 드문드문 솟아 있는 나무들.

마치 어둑어둑한 하늘과 푸른 땅의 경계선을 하나의 선으로 그려 낸 뒤, 슥슥 막대기를 꽂아 넣은 것 같은 기묘한 아름다움이 느껴진다.

톡톡 떨어지는 차가운 빗물은 이것이 분명 현실임을 알려 준다.

제일 먼저 리디아의 모습이 보였다.

그녀는 일어선 채 먼 곳을 바라보고 있었다.

키릭은 땅을 후벼 파 흙을 퍼 손에 펼치고 유심히 쳐다보는 중이었다.

이와 대조적으로 루산은 굉장히 특이한 행동을 했다.

그는 코를 킁킁거리며 상당히 불안해하고 짜증스러워한다.

뭐라 중얼거리기는 하는데, 입모양으로 보아서 로슈르어는 아닌 듯.

마지막으로 데일.

뒷짐을 지고 돌아서 있기에 그 표정을 알 수 없지만 왠지 모르게 무척이나 쓸쓸하고 애잔해 보인다.

"야! 여긴 어디야!"

소리치는 자오링. 그리고 그녀에게 시선을 던지는 아이들.

자오링을 빤히 바라보던 데일이 루산에게 고개를 돌렸다.

순간 루산의 떨림이 멈췄다.

그리고 느릿하게 아이들을 바라보았다.

가라앉은 눈, 비에 젖어 흔들리는 머리칼. 그리고 석상처럼 굳어 버린 입.

차갑게, 정말로 차갑게 식어 버린 루산의 얼굴은 약하게 올라오는 추위 때문일까. 아니면 그의 본성을 일깨운 무언가로 인해서일까.

"바무스 파낙툴."

갈라질 대로 갈라진 루산의 목소리.

데일을 제외한 세 아이들의 눈동자에 짙은 의문이 서린다.

"내 고향이야."

바무스 파낙툴.

어디에도 없는 땅이라는 별칭이 붙은 신비의 대륙.

5000년 전의 전쟁 이후, 대륙 대부분이 사라지고 한낱 거대한 섬으로만 남은 채 인간들의 기억에서 사라진 곳.

자신들이 왜 여기에? 게다가 이곳이 루산의 고향이라고?

"데일, 어째서 나를, 우리를 여기로 데려온 거냐."

으스스하게 변한 음성으로 루산이 물었다.

"데일이 뭐? 얘가 우릴 이곳으로 이끌었단 소리야?"

황당한 표정으로 자오링이 말했다.

하지만 루산은 그녀에게 시선을 주지 않고 데일만을 노려보았다.

"말해. 네가 뭘 꾸미든 간에 이것만큼은 들어야겠어."

허리에 찬 크로스 보우에 슬쩍 손을 옮기는 루산을 본 키릭이 조용히 세이비어를 잡았다. 루산이 허튼 행동을 한다면 바로 베어 버리겠다는 뜻이었다.

으드득.

루산이 이를 가는 소리에 소름이 끼친 리디아가 고개를 돌렸다.

"찾아야 해."

"뭘!"

"호난의 태양. 그리고 우리의 진짜 모습."

"……미친 소리 할래?"

"내가 옳아."

위협적인 루산의 모습에도 데일은 굴하지 않았다.

도무지 이 상황이 이해가 안 가는 자오링이다.

리디아의 차분한 얼굴을 보았을 때, 그녀는 뭔가를 알고 있는 것 같고, 키릭 저 인간이야 데일의 애완견에 다를 바 없으니 그렇다 치고, 루산은 왜 저렇게 흥분해 날뛰는 것일까.

"잠깐. 뭐가 잘못되었는지부터 알아야 할 거 아냐?"

자오링의 외침은 허망하게 울릴 뿐이다.

"루산. 이건 시련이야. 때를 기다리지 않고 태어난, 우리의 죄로 인한."

데일도 서서히 머릿속에서 뭔가가 정리되는 듯 보였다.

"다 필요 없어! 왜 여기냐고! 왜!"

퍽!

폭발 직전까지 갔던 루산이 순간 휘청거리다가 곧 쓰러졌다.

보다 못한 키릭이 주먹을 날려 그를 가격해 버린 것.

평소였다면 이처럼 쉽게 얻어맞고 무너질 루산이 아니었지만 잔뜩 흥분한 지금, 어이없는 한 방을 허용하고 만다.

키릭은 루산을 주워 들고 어깨에 걸치며 말했다.

"이제 무얼 할 테냐. 데일."

"……모험."

데일은 밝은 웃음을 보이며 품속에서 뭔가를 꺼내었다.

가운데 작은 구슬이 박혀 있는 손도끼 모양의 장신구를.

3장
과거의 기억

시원하다.

시간이 지날수록 얼굴에 물기가 어렸다가 방울이 되어 뒤쪽으로 빠르게 떨어져 나갔다.

살며시 눈을 뜬 루산은 굉장한 속도를 내며 어디론가 가고 있는 자신을 발견했다.

루산은 짧은 팔을 뻗어 앞에 있는 누군가의 허리를 꽉 안고 있었다.

그의 온기가 온몸으로 전해져 왔다.

왠지 모르게 기분이 좋아지는 것을 느끼며 루산은 아래를 내려다보았다.

이제껏 본 적 없는 대양이 그곳에 펼쳐져 있었다.

그리고 하얀 구름이 태양과 루산의 사이에서 흩어졌다.

'하늘을 날고 있구나.'

펄럭, 펄럭.

무언가가 날갯짓을 하는 소리를 들으며 루산은 다시 눈을 감았다.

깨어났을 때 제일 처음 본 것은 아무것도 없는, 평범한 들판과 멀리 위치한 울창한 숲, 그리고 비릿한 내음을 전해오는 거대한 강이었다.

생소하기만 한 이곳.

고향 땅, 바무스 파낙툴은 절대로 아니었다.

그곳은…… 자신이 파괴해 버렸으니까.

스윽, 스윽.

왼손으로 루산의 머리를 쓰다듬는 남자가 있다.

해를 등지고 있어 얼굴을 알아볼 수 없지만 그의 입가에 미소가 지어져 있음은 확실했다.

이 따뜻함, 이 냄새.

아버지…….

"르싼. 너의 새로운 고향이다."

"응."

루산의 목소리가 무척이나 앳되다. 많이 봐줘야 8, 9살 정도.

"엄마가 한 말 잊지 않았지?"

"응. 난 일찍 자고 일찍 일어나야 돼. 그래야 키가 잘 자라니까. 이는 제때 청소하고 주변에 버드나무가 없으면 물을 삼키지 말고 오래 우물거리라고 했어. 아침, 저녁으로 까먹지 말고 운동도 하고 또……."

"그래 우리 르싼은 똑똑하니까."

어쩐지 아버지의 음성이 무척이나 쓸쓸하게 느껴진다.

"아빠는 나한테 뭐 줄 거 없어?"

루산이 말똥거리는 눈을 들어 아버지를 바라보았다.

"그러게. 우리 착한 아들에게 이 아빠는 작별 선물로 뭘 줘야 할까."

작별…… 작별이라니.

크릉.

강 근처에서 미지의 짐승이 울었다.

"알았어, 알았다고."

아버지가 한숨을 쉬며 짐승이 있는 곳을 향해 고개를 끄덕였다.

시간이 없다는 뜻일까.

"……르싼."

아버지의 음성이 가늘어졌다. 이런 걸 목멘 소리라고 부른다지?

"아빠 널 믿어. 그리고 사랑해."

그가 루산을 강하게 끌어안았다.

가느다란 떨림. 그리고 흐느낌.

"아파도 참을 줄 알고, 슬퍼도 웃을 줄 알아야 해. 언젠가 네가 하늘의 빛을 느낄 때까지."

루산의 마음이 차가워졌다.

설마 했던 이별의 순간이 현실로 다가왔음을 깨달았기 때문이리라.

"아빠 언제 와?"

아버지가 루산을 놓았다. 슬쩍 바라본 그의 오른팔.

거기엔 아무것도 없었다.

아, 맞다. 저 강건했던 아버지의 오른팔도 자신이 잘라 버렸지.

"우린 늘 함께할 거란다."

"에이, 이상한 말하지 말고."

애써 킥킥거리며 한 번이라도 아버지의 얼굴을 더 보고자 애썼으나 얄미운 그림자는 그것을 허락지 않았다.

우르릉!

짐승이 있는 곳에서 아까보다 더 거친 울림이 일어났다.

"알았다니까, 진짜!"

그때 루산이 아버지의 손을 꼭 잡았다.

이번에 놓으면 영원히 이 감촉을 느낄 수 없을 것 같다는 불안감이 엄습해 왔기 때문이었다.

"르싼. 저어기 하늘에 떠 있는 구름 보이지?"

"으음. 토끼 같이 생긴 거?"

"틀렸어. 토끼가 아니라 코끼리야."

"아닌 거 같은데……."

"그럼 눈을 감고 속으로 100까지만 세어 봐. 그 다음에 보면 틀림없이 코끼리로 보일 거야."

"알았어."

루산은 눈을 감고 아버지가 시킨 대로 숫자를 세기 시작했다.

한 50정도 세었을까. 문득 쓸쓸한 감정에 눈을 뜨고 주위를 둘러보았다.

아버지가 없었다.

아니, 흐릿한 뒷모습만을 남기고 언덕 너머로 천천히 사라지고 있었다.

소리쳐 불러야 하나. 하지만 이상하게 입이 떨어지지 않았다.

펄럭.

짐승이 날개를 펼치는 소리가 여기까지 들렸다.

잠시 후, 아버지가 사라진, 짐승이 날갯짓하는 그곳에서 강렬한 진동이 일어났다.

"윽!"

순간 끔찍한 생각이 루산의 머리를 스쳤다. 그리고.

옅은 회색빛이 하늘을 뚫을 듯 지상에서 솟구쳤다.

"어! 어어어!"

눈물이 났다.

저 빛은 아버지가 남긴, 그의 목숨과 바꾼 선물일 터.

여운을 남기며 사라졌던 회색의 빛줄기는 구름을 헤치고 다시 지상으로 떨어졌다.

바로 루산이 있는 곳으로.

콰콰콰!

빛에 직격당한 루산은 뼈까지 시리는 차가움에 입이 떡 벌어졌다.

아파도 참으라 했지? 슬퍼도 웃으라 했고.

아버지의 말을 떠올리자 어린 마음에도 불구하고 고통 속에서 냉정을 유지할 수 있었다.

파파파팟!

빛이 사라졌다. 정확히는 루산의 몸에 완전히 흡수된 것.

풀썩.

힘이 다한 루산이 바닥에 나뒹굴었다.

주위의 풀들이 하얗게 얼어붙은 채 툭툭 갈라지는 묘한

광경이 눈에 들어온다.

웅웅—

멀리서 뭔가가 빠르게 다가온다. 그러나 결코 지상을 통해서가 아니었다.

하늘.

그것들은 푸른 하늘을 가로지르며 막아서는 공기의 벽을 찢어발기고 있었다.

슈우우웃!

까마득히 먼 그곳을 세 개의 작은 점이 쓸고 지나갔다.

저건 무얼까. 원반 같이 생긴 저것은 결단코 새는 아니다.

그때였다.

아버지가 남긴 최후의 빛이 발생한 곳에서, 육중한 무언가가 꿈틀거렸다.

힘차게 펄럭거리는 날개 아래로 먼지가 들썩거렸다.

이제야 그 짐승을 정면으로 마주하게 된 루산.

작은 눈동자에 괴물의 아가리가 보였다.

크게 벌어진 사이로 누런 침과 빽빽하게 난 송곳니가 인상적이었다.

아버지의 것으로 보이는 피와 살점들을 뚝뚝 흘리며 일어난 괴물.

직각으로 돋아난 비늘은 강철보다 강해 보였고, 그 사이로 흐르는 냉기가 안개처럼 일렁거린다.

회색의 드래곤.

'싸크비스. 우리 부족의 오랜 친구.'

전율의 싸크비스가 거칠게 요동치며 하늘을 향해 긴 목을 들었다.

후우우우우— 콰아아아!

크게 벌어진 드래곤의 입에서 허연 소용돌이가 쏟아져 나갔다.

쩌저적 소리를 내며 그 주위의 공기가 얼어붙어 작은 알갱이를 흩뿌린다.

'드래곤 블래스트……'

높은 곳에서 주변을 선회하던 검은 원반들 중 하나에 연옥의 폭풍이 스쳤다.

기우뚱하며 나머지 두 물체에게서 멀어져 버리는 그것을 향해 싸크비스가 날아올랐다.

쿵!

하늘 멀리서 괴물체와 드래곤이 부딪쳤다.

충격에 밀려나는 원반형 물체의 크기는 언뜻 보더라도 싸크비스와 차이가 없었다.

—드와카.

루산의 머릿속에 싸크비스의 목소리가 울렸다.

순간 원반이 물러나는 뒤편에 큰 덩어리의 얼음이 생성되었다.

그것을 깨고 후퇴하는 검은 원반의 속력이 떨어진다.

그그그궁!

싸크비스가 날개를 활짝 펼쳤다.

그리고 원반을 향해 서너 번 펄럭거려 강한 압력을 보낸다.

중심을 잃고 팽이처럼 회전하는 원반.

싸크비스가 또다시 블래스트를 뿜어냈다. 이번에는 스치는 정도가 아니라 완전히 그에 직격 당했다.

이 무지막지한 드래곤은 힘을 잃고 추락하는 원반에 수직으로 돌진했다.

콰쾅!

원반이 수백, 수천 조각으로 박살 나 버렸다.

멍하니 그 광경을 지켜보던 루산은 조금 전에 있었던 슬픈 이별을 떠올릴 정신도 없었다.

그때 멀리 피했던 두 물체가 싸크비스에게로 날아왔다.

퓽! 퓨웅!

원반들의 앞쪽에서 푸르게 발광하는 작은 빛 덩어리 몇 개가 발사되었다.

본격적인 전투가 시작되는 것을 확인한 루산은 숲을 향해 뛰었다.

천둥소리로 착각할 만큼 하늘을 뒤덮던 굉음이 사라지는 데까지 그리 오래 걸리지 않았다.

큰 나무 뒤편에 숨어 얼굴을 감싸고 오들오들 떨던 루산은 어느 순간 시끄럽게 떠들던 풀벌레들이 깊은 침묵에 빠져든 것을 깨달았다.

그리고 자신에게 다가오는 발소리를 들었다.

'이 냄새는.'

익숙한 비린내. 그가 틀림없었다.

"싸크…… 비스?"

고개를 내밀고 확인한 싸크비스의 모습.

길게 찰랑거리는 머리카락. 낡고 구멍 난 로브.

창백한 피부에 무표정한 얼굴로 루산을 응시하는 그는 예전과 다름없는 인간의 형상이었다.

"……두렵습니까."

"에?"

"아닌 척하지만 떨고 있습니다, 당신은."

루산이 자신의 작은 손을 내려다보았다. 가늘게 떠는 주먹 사이로 땀방울이 흐른다.

"무엇이 두렵습니까."

그가 한 걸음을 내딛자 루산이 흠칫 뒤로 물러섰다.

"당신의 아비를 물어 죽인 제가 무서운 겁니까. 아니면 앞으로 살아갈 당신의 삶이 걱정되는 겁니까."

"아니야!"

"그대는 무척이나 차갑고 이기적인 존재지요. 예전에도 그랬고."

무슨 말을 하는 거지?

"어떻습니까. 당신이 저지른 일들로 인해 벌어진 이 상황이."

스윽.

싸크비스가 무릎 자세로 앉아 루산 가까이 핏기 없는 얼굴을 들이대었다.

"수십 번이나 충고했지요. 당신의 탄생은 시기적으로 이르다고. 누가 손을 썼는지는 몰라도 당신과 더불어 지금 태어나지 말았어야 할 불완전한 존재들 때문에 세상이 흔들릴 수 있다고."

이제야 겁먹은 모습을 드러내는 루산.

"저는 잘 모르지만 그것이 부모의 마음이었나 봅니다. 당신을 묻어 버려야 할 손으로 당신을 가슴에 힘껏 품어 버린 그들의 마음."

싸크비스는 천천히 손을 들어 루산의 머리를 쓰다듬었다.

루산은 두려우면서도 이상하게 마음이 포근해지는 느낌에 용기를 내어 그의 눈을 정면으로 바라보았다.

약간 처진 듯한 싸크비스의 눈.

표정 없는 얼굴과 달리 그곳에는 어떤 감정이 들어 있었다.

걱정. 불안. 그리고…… 아쉬움.

"이렇게 된 이상, 당신과 다른 분들에게 희망을 걸어 볼수밖에 없군요. 당신들 스스로 완전함에 이를 수 있다는 희망 말입니다. 물론 너무 늦지 않게요."

"나, 이해 못하겠어."

"오, 작지만 위대한 르싼……. 지금은 어떠한 것도 이해할 필요가 없어요. 앞으로 이어질 당신의 삶 자체가 그곳으로 이끌 테니까요."

알아들을 수 없는 말을 하는 싸크비스.

"그러니까…… 한동안 잊으세요."

"잊어? 뭘?"

"저를, 그리고 당신이 행했던 일들을. 부모의 사랑도 형제들의 다정함도 부족의 긍지도."

"그걸 어떻게 잊어."

"망각은 당신의 특기잖아요."

싸크비스가 씨익 웃었다.

그리고 이는 루산이 그를 알고 나서 처음 본 웃음이었다.

그가 일어났다.

약간 몸을 비틀거리는 것으로 보아 조금 전의 전투에서 피해를 본 듯했다.

최강의 생물 드래곤이 미약하지만 부상을 당할 정도의 상대였던가.

"기다리겠습니다. 언젠가 당신이 불안정함을 떨치기 위해, 본래의 자아를 되찾기 위해 고향으로 돌아올 날을. 그땐 아마 오늘의 기억을 품고 저와 마주하겠죠."

"어, 어디 가!"

"조금 복잡해진 상황을 해결하러 갑니다."

"설마 그 이상한 원반들?"

싸크비스가 고개를 끄덕여 긍정했다.

"우리의 아버지가 그들과 했던 약속을 어긴 것은 저니까요. 제 사과를 받아들이거나 아니면 죽을 때까지 붙어 보거나, 그것도 아니라면 저와 그들만의 새로운 약속이 탄생하거나."

이제 이 모든 것이 자신 때문임을 루산은 확실히 인식했다.

"싸크비스."

"예."

"난 누구야?"

"……."

"말해 줘."

"저도 뭐라 드릴 말씀이 없군요. 솔직히……."

아니, 넌 알아 싸크비스. 그걸 입에 올리기 두려워할 뿐.

"나중에 다시 만나면 우린 어떤 사이일까. 나…… 용서받을 수 있을까?"

"이제 그대의 죄를 탓할 '인간'은 아무도 남지 않았어요. 하지만 시련은 남았습니다. 죄의 대가일 수도 있는……."

"시련? 대가?"

"……그 대답은 그때 드리지요. 얼음의 군주 르싼."

"얼음의 군주……."

루산에게 몸을 낮추고 깊이 고개를 숙이는 것을 끝으로 싸크비스가 사라졌다.

그때였다.

아무것도 없는 마른 땅에 처음 보는 글자들이 빛을 뿜으며 나타났다.

싸크비스가 주는 마지막 호의일까.

읽을 수도, 뜻을 짐작할 수도 없는 글자들이 루산의 머릿속에 강하게 각인되었다.

동시에 루산의 정신은 어느 먼 곳을 향해 흩어졌다.

망각이라는 강으로.

남은 것은 얼굴이 떠오르지 않는 아버지의 존재에 대한 원망과 바무스 파낙툴에 내린 저주에 관한 자책이었다.

*   *   *

"내려 줘."

키릭은 등에 업힌 루산이 입을 열자 걸음을 멈췄다.

"난리 안 칠 테니까 그냥 내려 줘. 클레이모어 장식이 가슴을 찔러서 아프다."

"흠."

키릭은 두말없이 루산을 놓아 버렸다.

"아코!"

철퍼덕 소리를 내며 바닥에 떨어진 루산이 비명을 지른다.

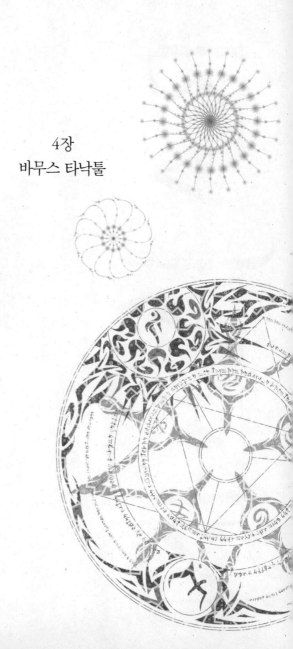

4장
바무스 타낙툴

RAJARIN

어느새 비는 그쳤다.

다행이라 여겼던 아이들은 곧 강렬하게 내리쬐는 햇볕에 또 다른 고통을 받았다.

"아, 정말 얼마나 걸어온 거야? 한데 아무것도 없어. 뭐 이런 동네가……."

자오링이 투덜거렸다.

조금씩 내공을 끌어 올려 기괴한 기후 변화로부터 자신을 보호하던 그녀조차도 짜증이 날 정도였는데 다른 아이들은 말할 필요도 없을 것이다.

"이봐, 루산. 여기가 네 고향이라면 길 좀 잘 안내해 봐."

"......"

루산은 말이 없다.

"야야, 키릭. 말 걸어서 미안한데 너라도 어떻게 해 봐
봐."

"......"

"리디아?"

"응."

"안 힘들어?"

"힘들지."

리디아가 힘들다고 말하는 뜻은 다른 데 있었다.

그녀는 벌써부터 이들 주위에 보이지 않는 '정화의 벽'
을 펼친 상태였다.

처음 이 땅에서 눈을 뜬 순간부터 리디아는 대기와 마른
땅에서 올라오는 이질적인 기운이 인간에게 치명적이라는
사실을 깨달았다.

서둘러 자신과 아이들의 몸에 정화의 기운을 불어넣은
뒤, 바로 벽을 둘러 지금에 이르렀다.

아무렇지도 않은 얼굴을 하고 있지만 리디아는 이 능력
을 발산시키는 것에 엄청난 기운을 소모하고 있었다.

모두가 마찬가지겠지만 리디아에게도 마법과는 다른 '창
조'의 능력이 있다.

하지만 그것도 결국 외부 세계와 연동되어야 무한한 발현이 가능했다.

이곳은 극히 오염된 세계.

그나마 벽을 통과해 들어오며 정화된 기운이 있었기에 지금까지 버틸 수 있었던 것이다.

그것을 모르는 다른 아이들은 리디아가 흘리는 땀이 그저 몇 시간의 행군과 따가운 태양 때문인 것으로만 알았다.

"리디아…… 미안해."

오직 데일만이 그녀의 상태를 알았다.

그에게는 이 모두를 능가하는 미지의 능력이 잠재되어 있기에.

"저쪽에 숲이 있어. 그나마 그곳이 나을 거야."

모두는 데일일 가리키는 방향으로 군말 없이 걸었다.

약 1시간을 더 걸어서야 수십 그루의 나무가 그늘을 만들고 있는 작은 숲에 이를 수 있었다.

"리디아. 이제 정화를 풀어도 돼."

"그럴까?"

"응. 이 정도까지 나무가 자랐다는 건 이곳 생태의 일부가 회복되었다는 뜻이니까."

"얘들 말하는 거, 나한테 이해시켜 줄 사람?"

리디아와 데일의 대화를 듣던 자오링이 물었으나 그에
누구도 답하지 않는다.

슈우웃.

잠시 보랏빛 아지랑이가 보이는가 싶더니 순식간에 소리
를 내며 흩어졌다.

"컵!"

숨을 들이키던 자오링이 순간 괴로워했다.

"뭐, 뭐야."

목을 쓰다듬으며 자오링이 말했다.

"대기 중에 산소가 부족해서 그래."

"산소는 또 뭐야. 자연의 기운 같은 건가."

"생물체가 살아가는 데 반드시 필요한 원소."

"그걸 아는 너, 정말 괴상해 보이는 거 알아?"

"히히히."

데일은 이따금 이런 기묘한 말들을 하곤 했다. 뭔가 이
시대와 어울리지 않는 과학적 지식이라 해야 할까.

"생태계 자체의 문제라기보다는 이 땅에 스며든 이질적
인 무언가로 인해 산소가 끊임없이 소모되고 있어. 아, 생
태계란 생물이 살아가는 세계라고 정의해 둘게. 어떤 재앙
으로 인해 허파로 호흡하는 생물들이 먼저 멸망했고, 최종
적으로는 산소를 만들어 내는 식물들도 사라진 검은 대지만

이 남았던 것 같아."

"직접 본 것처럼 말하는구나."

루산이 우울한 표정으로 말했다.

"자연의 자정 작용과 복구 능력은 우리의 상상을 초월해. 그런 폐허 속에서도 숨어 있던 씨앗들이 꽃을 피웠고, 조금씩 대지를 푸르게 바꾸었어. 바람에 실려 온 외부 세계의 홀씨도 한몫했겠지. 어쩌다 운 좋게 날아온 몇 종류의 곤충들이 그것을 더욱 가속화시킨 것도 확실해 보여. 그 이상은 것들은 아직 멀었지만…… 이곳에 남은 생물들에게 천적이 없는 지금 상태는 사실 무척이나 위험해. 정상적인 자연계의 순환을 거치지 않은, 일종의 '조작'이 가해진, 교란된 생태계랄까. 또 땅속의 이물질들로 인해……."

척.

루산이 걸음을 멈췄다.

"응?"

"어떻게 넌 모든 것을 다 아는 것처럼 구는 거냐."

"이상한가."

"무척. 아무리 공부를 열심히 했고, 똑똑하다고 하더라도 네 지식은 시대를 지나치게 앞서 가. 다른 이들은 짐작도 할 수 없는 세상을 쉽게 추리해 내고. 데일 네가 가진 능력이 우리의 상식 밖인 건 알지만, 결과를 만든 원인이란

게 너한테는 없어. 그냥 툭 튀어나오는 거지. 존재의 불완전을 말하고 있는 넌…… 이미 그것을 깨달았어. 안 그래?"

오는 동안 데일은 몇 번이고 '존재의 불완전'에 대한 것을 언급했다.

"지금은 깊은 질문 받는 것, 사양하겠어, 루산."

"야! 키릭."

자오링의 뒤통수만 노려보고 있던 키릭은 루산의 부름에 고개를 돌렸다.

"너 드래곤을 만났다고 했지? 여기 데일이 의식을 잃었을 때."

"……"

"이젠 그 말을 믿어."

"오래 걸리는군."

"나도 드래곤을 알아."

"호오, 그래?"

키릭은 별로 놀랍지 않다는 투로 말했다.

영문을 모르는 자오링만 눈을 동그랗게 뜨고 둘의 얼굴을 번갈아 바라보았다.

다만, 리디아는 예전부터 짐작한 듯 차분히 고개를 흔들기만 한다.

"데일, 봤냐? 너만 이것저것 다 알면서 숨기고 다니는 거 아니다. 그러니까 다 말해 주지 않을 거면 잘난 척 적당히 해."

"고치도록 노력할게."

이렇게 되자 오히려 루산이 무안해졌다.

"쳇."

"그런데 우리 정확히 갈 곳은 알고 가는 건가?"

지잉—!

갑자기 데일의 품에서 손도끼가 진동을 시작했다.

"그리 멀지 않아."

"그건 대체 뭐지?"

유난히 '병기'에 관심이 많은 키릭은 다른 이들과 달리 데일의 손도끼에 주목했다.

"열쇠야. 호난의 태양으로 우릴 안내할 나침반 같은 거."

밤이 되었다.

뜨거웠던 낮과는 전혀 다르게 매서운 추위가 불어닥치는 어둠의 세계.

낮에 숲에서 채집했던 식량—약간의 과실, 그리고 이름 모를 곤충들—을 나누어 먹으며 몇 시간을 견뎌 온 이들이지만, 기이한 자연의 변화를 감당하기엔 무리인 듯했다.

깊게 땅을 파고 열 명이 들어가기에도 충분한 공간을 확보한 뒤 나무를 잘라 젖은 땅과 위쪽을 덮는 둥, 밤을 보낼 곳을 만드는 데 꽤 시간을 들였다.

공간 전체에 리디아가 정화의 축복을 내리고 나서야 모든 작업이 끝났고, 이들은 지금 키릭이 불러낸 푸른 불꽃을 가운데 두고 말없이 앉았다.

한 가지 눈에 띄는 점은 루산의 행동이었다.

호난의 열쇠가 진동한 이후, 심하게 몸을 떨며 뭔가를 두려워하는 모습을 보였다.

어떤 희미한 기억이 고통으로 바뀌어 루산을 괴롭히는 것이 분명했다.

그러나 아무도 그에 대해 묻지 않았다.

"보고 싶지 않아…… 정말로."

그는 리디아의 치유도 거부하고 끝없이 혼잣말을 내뱉었다.

"데일, 너 이제 모든 것들을 알았나."

키릭이 물었다.

합숙소를 떠나오기 전, 데일이 뭔가를 서서히 깨달아 가고 있음을 눈치챘던 그는 이제 데일이 더욱 구체적인 부분들까지 알아냈음을 짐작했다.

"그런 듯해."

다들 영문을 모르겠다는 표정이었다.

"마치 하늘 저편에서 내려다보는 기분이었어. 잠깐이었지만 지상에서 일어나는, 그리고 일어났던 일들을 알 수 있었지. 그리고 계속 생각했어."

제렌 디스라는 마왕들의 부활도, 남부에서 올라온 암살자들도, 드래곤 헤테르프도, 하르실라의 비극도, 그 외 여러 사건들.

그 모든 것들을 데일은 안다.

어떤 과정을 통해, 무엇을 매개로 그것들을 '볼 수 있었다'는 말인가.

그러한 과정에서 리디아도 데일의 정신과 공명해 무언가를 보았다. 하지만 그녀는 그 정확한 의미에 대해서는 짐작하지 못했다.

"우리가 여기 있는 이유는?"

자오링이 재차 물었다.

"태어난 죄. 그 대가를 치르기 위해서. 그것이 아무리 우리의 뜻이 아니었다고 하더라도. 여운으로 남은 목소리가 그렇게 말해. 너희에겐…… 들리지 않니?"

오히려 반문하는 데일이었다.

"비틀어진 운명이라고 생각해도 좋아. 하지만 포기할 수는 없어."

"왜?"

"자린을…… 아버지를 만나야 하니까."

"워 차오!"

자오링이 벌떡 일어서며 시엔 언어로 욕을 뱉었다.

"언제까지 저 문학 소년의 환상 따위를 들어 줘야 되는 거지?"

누가 들어도 헛소리 같은 데일의 말.

사실 자오링이 분노하는 것도 당연했다.

"언젠가……. 너희와 대화를 나누었던 보이지 않는 존재, 기억하니?"

순간 자오링이 경악하며 뒷걸음쳤다.

"그는 힘들어 하는 너희에게 형용할 수 없는 능력에 관해 조언했을 거야. 죽음마저 극복할 수 있는 그런. 환상이나 문학이 아닌, 보다 실체화된 힘."

데일의 말에 구석에 있던 루산마저 눈을 돌렸다.

데일이 어떻게, 그들조차 확신하지 못할 정도로 희미한 기억에 대해 알고 있을까.

다만 자오링은 지난번 '아휀 드릴'이라는 단어를 데일에게 언급한 적이 있었다.

다른 아이들과 다르게 그녀만큼은 그것을 기억해 냈다.

그러나 그녀를 제외한 나머지는 여전히 자신들이 내뱉었

던 단어들과 그때의 기억을 완벽히 떠올리지 못했다.

"그 미지의 조언자는 너희에게 정말로 강력한 힘을 깨닫게 해 주었을 거야. 그리고 그건 앞으로 우리가 우리 것으로 만들어야 할 운명이고."

데일은 각자의 비밀을 밝혀내는 것으로 그가 일행들보다 우월한 위치에 섰음을 드러내었다.

다른 이들이 모르는 거대하고 은밀한 '지식'에 근접해 있다는 것도.

동시에 아이들은 본능적으로 이 어처구니없는 상황들을 데일과 함께 풀어 가야 함도 깨달았다.

과연 이들의 과거에 무슨 일들이 있었기에⋯⋯?

"너였냐."

착 가라앉은 루산의 목소리는 으스스하기까지 하다.

그러나 데일은 고개를 저으며 아무런 말도 없이 루산을 향해 부드러운 미소를 보낼 뿐.

"그래, 좋아. 고민 따위는 하지 않겠다. 너만 알고 있는 더러운 비밀 같은 거, 네가 말하는 길 끝까지 간다면 나도 알게 되겠지."

"신뢰해 줘서 고마워, 루산."

그엉—

갑자기 어디선가 들리는 괴이한 소리에 자오링이 화들짝

놀랐다.

"뭐, 뭐지?"

"바람 소리는 아니다."

키릭이 일어섰다.

철구를 꽉 조이는 모습이 저 소리의 근원을 확인하고자 나서려는 듯했다.

"이거 봐."

모두의 시선이 리디아에게로 쏠렸다.

그녀가 가리킨 곳에서 밝게 빛나는 손도끼, 호난의 열쇠.

그 빛은 중앙에 박힌 구슬에서 꺼졌다 켜졌다를 반복했다.

"우릴…… 부르고 있는 건가."

"킥, 킥킥킥."

순간 루산이 소름끼치는 웃음을 흘렸다.

"암, 부르고 있지. 이제 끝장을 보아야 할 때거든."

"루산, 무슨 뜻이지?"

"네 죄를 물을 인간들은 사라졌으나, 시련은 남았도다…… 어때, 꽤 멋들어진 말이지?"

어느새 고통에서 완전히 깨어난 루산이었다.

흐릿했던 동공은 누구보다 맑아지고, 비 오듯 흐르던 땀도 서서히 말라 간다.

"저 열쇠인지 뭔지를 잡아당기는 힘이 저곳에 있다. 데일, 넌 그게 뭔지 잘 알 거야."

"……."

"다들 힘 아껴 둬. 곧 지옥의 문이 열릴 테니까. 흐흐."

*   *   *

아침이 되자 일행들이 다시 길을 나섰다.

여전히 방향을 알 수 없는, 그저 푸른 초원만이 펼쳐진 끝없는 길.

그사이에도 데일은 아무런 설명을 하지 않았다. 아이들 또한 아무것도 묻지 않았고.

그저 데일의 뜻에 따라가는 것만이 목적이 되어 버린 상황이었다.

정확히 이틀이 지났을 때.

그들은 그간 볼 수 없었던 거대한 산을 마주하게 된다.

"여긴 그대로네……."

말을 하는 루산의 표정이 심상치 않았다.

"윽!"

갑자기 리디아가 신음을 토했다.

그리고 아이들을 감싸고 있던 보이지 않는 정화의 벽이

흔들렸다.

미지의 힘들이 잠재되어 있다고 하지만 이들의 육체는
인간의 그것.

괴이한 기운들로 가득한 공간에 그대로 노출된다면 분명
큰 피해를 입을 것이었다.

쓰러지려는 리디아를 키릭이 부축했다.

키릭은 팔을 뻗고도 스스로 놀라워했다.

그간 그녀와 접촉을 피하려 했던 그였기에 지금의 행동
은 키릭의 의지라 보기 힘들었다.

"고…… 마워."

"아무것도 읽지 마라. 기분 나빠지니까."

무뚝뚝하게 말하는 키릭의 얼굴도 살짝 상기되어 있었다.

"리디아, 조금만 더 참아 주지 않겠어? 저 산 중턱부터
는 청정지대야."

어떻게 그걸 아는지 누구도 의아해하지 않는다. 데일이
그렇다면 그런 거니까.

간신히 진정한 리디아를 자오링이 부축하고 일행은 산에
올랐다.

나무도 없고 풀도 없는, 그저 바위만이 남아 이들을 반겨
준다.

"데일. 우리의 목표는 이 산 꼭대기겠지?"

루산이 산 정상을 바라보며 데일에게 물었다.

"아마도."

순간 루산의 눈동자에 그리움과 더불어 두려움이 스친다.

"저쪽에 길이 있어. 그 길을 따라 걸어서 반나절이면 도착할 거야."

지금부터는 루산이 이들의 안내자가 되었다.

루산의 말대로 좁지만 비교적 위험하지 않은 위치에 길이 있었다.

군데군데 쓸리고 부서진 흔적이 있었지만, 아이들에게는 문제가 아니었다.

길이 끊겨 까마득한 절벽으로 변해 버린 곳도 쉽게 지났다.

그나마 합숙소에서 체력 단련을 게을리 하지 않았기에 몸치에 가까운 데일도 수월하게 움직일 수 있었다.

정확히 반나절을 더 소비한 후, 아이들은 정상에 올랐다.

"휘유~ 넓네."

자오링의 말처럼 정상은 평평하고 무척이나 넓었다.

"……크다."

뭔가 다 아는 듯 행동하던 데일조차 눈앞에 있는 어마어마한 크기의 건물을 보고 감탄을 토했다.

누군가 잘 깎아 만든 것 같은 정상의 대지 가운데 로슈르 제국 수도에서도 흔치 않은 크기의 기괴한 건축물이 있었다.

언뜻 보면 작은 언덕을 그대로 옮겨와 놓은 후, 절벽을 뜯어내 그 위에 꽂아 둔 것만 같은 형상.

루산은 자신의 심장이 더욱 세차게 뛰는 것을 느끼고 크게 한숨을 쉬었다.

"애들아, 여기!"

자오링이 무언가를 발견하고 소리쳤다.

그곳에는 보통 성인 남성의 신장에 맞먹는 높이의 비석이 있었다.

비석의 상태는 좋지 않았다.

비바람의 작용인지, 다른 무언가로 인한 파손인지 몰라도 꽤 심하게 파손되어 있다.

그러나 자세히 보면 앞면에 음각된 기하학적 문양들과 글자들, 그리고 그림이 존재했다.

"사슴이…… 활을 겨누고 있네. 태양을 향해서."

자오링의 중얼거림에 데일이 고개를 끄덕이며 그 아래에 있는 글자들을 뚫어져라 바라보았다.

"읽을 수 있어?"

자오링이 루산에게 물었으나 루산은 고개를 저었다.

그도 이 오래된 비석에 대해 잘 모르는 눈치였다.

"3시대 후란 문자야."

"그건 또 뭔데."

"로슈르 제국 이전, 한창 정복 전쟁이 벌어질 당시에 지금의 트라폴리아 중부이남 지역 문자. 1500년 전까지 명맥을 유지하다 지금은 완전히 사라졌지."

"그런 게 왜 여기 있지? 그쪽이랑 여기랑 무슨 관계가 있다고."

그녀의 말을 듣고 있던 루산의 얼굴 또한 의문으로 물들었다.

"저 거대한 무덤의 주인이 그 당시 제국에서 넘어온 사람이니까. 바로 베난드록의 다섯 기사들 중의 한 명인 얼음의 기사 싸크비스. 후란 출신은 그가 유일했어."

루산의 몸이 크게 휘청거렸다.

싸크비스.

바무스 파낙툴을 지키던 회색의 드래곤.

로슈르 제국 기사와 드래곤 사이에 무슨 연관이라도?

같은 장소에 얽혀 있는 두 존재의 이름이 같다는 것은⋯⋯.

"옛날 얘기 하나 해 줄까?"

데일이 차분히 아이들을 둘러보며 입을 열었다.

전해지는 바로는 다섯 기사들은 로슈르 제국이 대륙 중부를 완전 장악한 훨씬 이후, 남부와 북부의 군소 지역을 서서히 제국의 세력권 내로 편입하던 시기에 활동했다.

지금은 그들이 속했던 가문이 완전히 몰락하여 사라졌지만 당시까지만 해도 웬만한 북부의 소국들을 능가할 정도로 대단한 위세를 떨쳤다고 한다.

그들과 그들 가문의 불운은 영특한 사제이자 오랜 친구인 베난드록의 귀환에서 시작되었다.

전쟁에 길들여진 기사들로서는 평온한 일상이 견디기 힘든 고문이었을까.

그들은 베난드록과 함께한다면 신나는 모험을 즐길 수 있겠다는 생각에 흔쾌히 친구의 일에 뛰어들었다.

트라폴리아 내에서 제국령이 아닌 지역은 가문의 사병들을 동원해 정복해 나갔고, 알려지지 않은 도서 지역과 다른 대륙에 진출하는 것도 마다하지 않았다.

각자의 극강한 무력과 마력 특성에 따라 황제에게 부여받은 칭호.

불의 기사 마켄, 얼음의 기사 싸크비스, 춤추는 기사 월른, 노래하는 기사 오미엔, 철갑의 기사 드라헤드.

그들은 자신들이 동원 가능한 모든 자원을 기울여 베난드록을 조력했다.

각지에서 약탈에 가까운 활동을 통해 베난드록이 원하는 모든 것들을 수집했던 기사들.

일설에는 잠들어 있던 흑룡족의 마수들과 전투를 벌였다고도 한다. 물론 허황된 일화겠지만.

마침내 그들은 베난드록의 무모한 결정에 따라 절대 금기시 되었던 얼음 대지로 들어갔고, 그곳에서 10일간 수많은 괴물들과 싸웠다.

전체 병력의 8할을 잃고 다다른 곳은 옛 엘 카로의 왕궁 유적.

기사들은 원하는 것을 얻고 감격해하는 친구를 보며 함께 기뻐했다.

그러나 그들의 기쁨도 잠시였다.

알 수 없는 이유로 인해 황제가 그들의 활동에 개입한 것.

가문의 특권 상당 부분이 회수되었고, 무기한 외부 활동 정지의 칙명이 떨어졌다.

왜 황제는 그런 결정을 내렸을까.

기사들의 행위로 인해 오히려 제국의 위상이 더욱 높아진 측면이 컸거늘.

이후 그들은 베난드록과 서신을 통해 연락하는 것을 제외하고는 직접 대면할 수 없었다.

베난드록이 처형되는 순간까지도.

베난드록은 남부에서 획득한 고문서와 유물들로 석판을 완전히 해독하는 데 성공했고, 그 이후 더욱 기이한 행보를 보였다.

끊임없이 친구들에게 편지를 보냈고, 심지어는 답장도 받지 못한 상태에서 또 편지를 보내기를 반복했다.

그러던 어느 날, 베난드록은 그의 생이 막바지에 달했음을 알았다.

이단재판.

태양을 최고의 신앙으로 인정치 않고 다른 존재에 대해 노래하고 찬양한 죄.

오직 회개만이 그의 생을 연장시킬 수 있었으나 베난드록은 끝까지 신념을 꺾지 않았다.

그는 미친 척 행세하며 감시의 끈을 느슨하게 만든 뒤, 자신의 모든 연구물들을 다섯 친우들에게 몰래 보냈다.

그리고 따로 지정한 장소로 떠나 줄 것을 부탁했다. 어떤 비밀스러운 내용을 전하며.

기사들은 두말없이 그의 마지막 부탁을 들어주었다.

어차피 가문의 몰락은 예상되었고, 지금 이대로 무너지

기에는 뭔가 아쉬움이 남았기 때문일 것이다.

결국 베난드록은 뜨거운 불 속에서 죽었다.

풀리지 않는 야릇함을 남기고 사라진 베난드록과 기사들.

그들의 이야기는 각색되고, 왜곡되어 후세에 재미있는 이야깃거리로 남게 된다.

잠자코 데일이 풀어 주는 이야기를 듣던 자오링이 입을 열었다.

"우리 시엔에는 이런 얘기가 전해 와."

"어떤?"

"바다를 건너온 노란 머리에 푸른 눈을 한 철갑 무인의 일대기. 무인의 숲을 평정한 뒤 끝없이 대륙을 돌며 뭔가를 찾아다녔다고 해. 그리고 어느 날, 갑자기 사라졌다고 하네. 혹시 그 베난드록의 친구 중 한 명과 관련이 있는 걸까."

"모든 것이 이어져 있어, 링. 우린 그것을 하나하나 풀어 갈 거야."

무표정하게 말하는 데일에게 질려 버린 듯, 자오링이 고개를 흔들며 외면해 버렸다.

"비석의 글자들을 읽어 봐. 뭐라 쓰였지?"

루산은 떨리는 음성으로 재촉했다.

"……레오나르도 베난드록의 절대적인 추종자요, 꺼지지 않는 빛의 하인이자……. 후란 가문의 계승자, 비슈엘 싸크비스 후란. 흠, 이 아래는 좀 쓸데없는 얘기고…… 태고의 하늘을 수놓았던 불멸의 존재와 나눈 계약에 따라, 계약? 알고 있던 것과는 좀 다르네."

혼잣말하듯 글자들을 읽어 내리던 데일도 고개를 갸웃한다.

"육체와 정신의 맺어짐을 통해 영원한 수호를 맹세하노라. 다가올 약속의 날, 아버지의 이름을 드높이리."

"끝?"

"어."

그엉―!

데일의 말이 끝나자마자 싸크비스의 무덤―또는 싸크비스의 레어― 안쪽에서 강한 진동과 함께 이름 모를 짐승의 울부짖음이 터져 나왔다.

열에 들뜬 상태와 다름이 없는 루산이 흔들리는 눈으로 거대한 무덤을 응시했다.

"……가자."

아이들은 말없이 루산을 따라 움직였다.

툭.

뜬금없이 키릭이 자오링의 어깨를 툭 친다.

"아, 왜!"

"데일의 뒤에 있지 마라."

"뭐?"

둘 사이가 썩 좋은 편이 아니라는 것은 모두가 잘 안다. 하지만 키릭의 이 말은 정도가 지나쳤다.

"길게 말하지 않는다. 네가 루산의 뒤에 서. 앞으로도 절대 데일 뒤편에 설 생각은 하지 말고."

"이게 미쳤나!"

휙!

텅!

짜증이 폭발한 자오링이 키릭의 안면에 주먹을 날렸으나 곧바로 세이비어의 검면에 걸렸다.

리디아와 데일은 황당한 듯 그들을 바라보았고, 루산은 잠시 걸음을 멈추고 뭔가를 생각한다.

"셴징뼁(미친놈)! 너 오늘 죽어 봐라. 감히 내가 누군 줄 알고 자꾸 신경을 건드려! 시엔에 있으면 넌 나 쳐다보지도 못해, 이 자식아!"

그간 자신을 답답하게 했던 뭔가를 터트린 자오링은 정말로 키릭을 갈아 버릴 마음으로 내공을 일으켰다.

펑!

자오링을 중심으로 강한 내기가 분출되어 주변으로 퍼졌다.

길게 내려온 은발 안쪽에서 날카롭게 빛나는 키릭의
눈.

웅웅, 소리를 내며 진동하는 세이비어를 강하게 쥐고 자
오링과 일전을 벌일 태세다.

치이익!

가죽과 쇠로 만들어진 검집과 자오링의 주먹이 닿은 부
분에서 연기가 솟았다.

이대로 두면 정말 이곳에서 격렬한 싸움이 벌어질 수도
있다.

슈욱!

갑자기 화살 하나가 둘 사이로 날아왔다. 막강한 냉기를
머금고.

쨍!

키릭과 자오링이 순식간에 거리를 벌리고, 화살을 쏜 루
산을 노려보았다.

"힘 아껴 두라고 했지."

"넌 뭔데!"

"키릭 말이 맞아. 몇 가지만 고치면."

"……?"

"키릭 네가 맨 앞에 서. 그 뒤로 링. 가운데 데일, 리디
아. 마지막에 내가 선다."

"얼씨구."

"우리 각자의 특성에 따른 최선의 진형이야. 따로 대충 돌아다녀서는 위험해. 앞으로는 이 순서로 움직인다. 다 함께 뭉쳐서. 맞지 데일?"

"훌륭해 루산."

데일이 슬쩍 엄지손가락을 올린다.

루산의 제지로 호전적인 두 남녀의 다툼이 싱겁게 종식되었다.

으르르르!

그때 무덤이 격하게 진동했다.

"저쪽도 기다리고 있어. 우리의 완전함이네 뭐네, 호난의 태양을 찾네 마네, 이런 거 다 제쳐 두고 일단은 상대의 부름에 응답해야지."

루산은 어이없어하는 자오링을 흘끗 바라본 뒤, 무덤의 입구로 보이는 곳에 섰다.

후우우, 길게 심호흡을 한 루산은 익숙한 듯 손가락을 뻗어 입구 가운데 난 작은 구멍에 넣었다.

징, 지잉—!

작은 굉음과 함께 루산의 눈높이에 있는 구슬에서 붉은 빛이 직선으로 나와 루산의 눈동자를 훑고 지나갔다.

띵!

쿠르르르르.

놀라운 일이 일어났다.

외부의 돌조각이 진동을 못 이겨 무너졌고, 그 옆으로 철
문이 나타나 위쪽으로 서서히 올라간다.

"허어!"

이런 기이한 현상에 자오링은 할 말을 잊고 멍하니 지켜
보았다.

"몇 번 와 봤어. 이제 들어가자."

컴컴한 어둠 속으로 루산이 먼저 몸을 들이민다.

5장
그들의 이야기(2)

RAJARN

트라폴리아 대륙의 남쪽 끝자락에는 인간의 발길이 닿지 않는 지역이 있었다.

그것은 비단, 인간들뿐만이 아니었다.

네 발 짐승들도, 하늘을 나는 새도, 눈 속에 서식한다는 아홉 쌍의 다리를 가진 독충들도, 위 지방에 널리고 널린 풀 쪼가리도, 심지어 마법으로 창조했다는 기괴한 마수들조차…… 이 지역에서는 살아남을 수 없었다.

얼어붙은 바다와 땅의 경계마저 희미한 이곳에 구름 위까지 솟아 있는 장대한 규모의 산이 존재했다.

마치 여기가 세상의 끝이라 선언하는 듯한 산의 위용은 잠시나마 이곳이 저주받은 얼음 대지의 일부라는 사실을 잊게 만든다.

산의 중턱에는 큰 동굴이 있었다.

깊이를 알 수 없는 무저갱과도 같은 그곳이 어떻게 만들어졌는지는 알 수 없으나 그 존재를 아는 이들은 동굴을 이렇게 불렀다.

프로즌 아일이라고.

팅…… 팅…….

프로즌 아일 내부의 어느 곳.

정확한 위치가 어디인지 모르겠지만 기괴한 소리가 울려 퍼진다.

다만, 미미한 열기가 느껴지는 것으로 보아 굉장히 깊숙한 곳임은 분명했다.

스윽.

어둡지만은 않은, 좁은 공간에서 움직이는 물체가 있었다.

손가락을 튕겨 바윗덩어리에 고정된 큰 구슬을 때리는 남자.

하얀 수염과, 마찬가지로 백설 같은 머리카락은 바닥까지 닿았고, 낡은 군청색 의복은 상당히 귀해 보인다.

그의 얼굴은 한가득 주름으로 덮여 도무지 나이를 짐작하기 힘들었다.

특이한 사실은 그의 눈. 아래위 꺼풀을 황금색 실로 단단히 꿰매어 징그러움과 함께 어떤 두려움마저 느끼게 한다.

팅!

구슬을 강하게 때린 남자가 공간 내부에서 가장 깊은 어둠을 간직한 방향으로 시선을 돌렸다.

방금 전까지만 해도 아무것도 없었다. 하지만 지금 그곳에는 분명 누군가 있다.

"어서 오시게. 나의 친구여."

늙수그레한 음성이 남자의 입에서 흘러나온다.

그제야 발소리를 내며 다가온 정체불명의 손님.

구슬이 빛을 발하자 그의 모습이 드러났다.

코끝까지 후드를 내려쓴 피의 마법사, 롱 버트.

그를 친구라 부를 수 있는 이는 이 세상에 단 둘만 남았다.

폭풍의 헤싸카와 천둥의 노림.

그중 헤싸카는 현재 얼음 대지 중심부에 위치한 '투쟁의 성'에 머물고 있다.

그렇다면 이 하얀 수염의 노인은……

"고귀한 발타나의 혈통이신 이야크 노림 발타나 왕자여.

오랜만이군."

롱 버트의 중저음은 언제 들어도 소름끼친다.

"껄껄. 나의 영원한 동반자인 에드가 훈 롱 버트여. 그 음침함은 여전하군그래."

롱 버트가 노림에게 다가가 그가 앉아 있는 탁자 정면에 섰다.

"살 만은 한가?"

짓궂은 물음이었지만 노림은 작은 미소와 함께 답했다.

"불편은 없네. 가끔 이 늙은 신체의 한 부분이 사라졌다가 다시 나타나 놀래는 정도?"

스윽.

노림이 그의 팔을 들어 올렸다.

순간 수십 개의 잔상이 팔의 궤적을 따라 생겼다가 제 위치로 모였다.

"아직까지는 회복이 더디군. 뭐라 할 말이 없어."

"자네 탓이 아니야. 이 모든 저주는 자네의 스승, 총명한 탄타쿨로 인한 것이니. 책임을 느낄 필요는 없다네."

노림도 탄타쿨의 저주를 언급했다.

"무슨 일인가. 때가 되면 내가 먼저 찾아갈 것인데."

"세상은 참 재미있지 않나?"

뜬금없이 롱 버트가 말했다.

"파괴를 바라는 자들이 있고, 지키려는 자들도 존재하며, 영문도 모른 채 큰 사건에 휘말린 이들도 있어. 또한 잃었던 자신들의 터전을 되찾길 원하는 몽상가들도 어딘가에 살아 있다네."

"그런데."

"이 모든 것들이 한 존재로부터 비롯되었다는 사실이 너무 우습지 않은가. 5000년을 내다본 그분의 혜안에 그저 고개만 숙여지는군."

"쓸데없는 말 그만하고 본론을 말하시게."

"세상에 흑룡이 했다고 알려진 예언, 거기에 간섭하는 누군가가 있어."

"호오, 그런가?"

노림은 별로 놀랍지 않다는 얼굴이었다. 그러나 그의 눈꺼풀 아래 눈알이 쉴 새 없이 움직인다.

"우리의 때 이른 부활⋯⋯. 그 또한 어쩌면 그의 의도였을지 몰라. 대마법사인 나조차 그 꼬리가 지나간 흔적만 잡았지. 자네들에게 다 털어놓지는 않았지만."

"짐작이 가는 부분이 있기에 날 찾았겠지?"

"⋯⋯차마 내 입으로 말하기 두렵군."

롱 버트는 노림의 눈을 빤히 바라보았다.

"우리가 가진 숭고한 신념이 과연 누구의 뜻인지, 누구를 위한 것인지 이제는 혼란스러울 지경이라네. 노림……
미안하지만 지금 자네의 도움이 필요해. 눈을 열어 주게."

"ㅎㅎㅎㅎㅎ"

노림이 낮게 웃었다.

롱 버트가 자신에게 원하는 것이 무엇인지 너무나도 잘
알기 때문이다.

"그 말은 곧 전쟁을 시작하겠다는 뜻이로군."

"정답. 준비는 이미 완벽해. 송곳 전사들은 북부로 진격
하길 원하지. 그분의 강림은 예정되어 있고, 우린 조금 빨
리 그분이 걸으실 길을 닦아 놓는 것뿐."

"서두르는 진짜 이유는 뭔가."

"예언에 관여해 축복을 틀어 버리고자 하는 존재를 불러
낼 것이야. 그 또한 그만의 계획이 있을 터, 그것을 훼방
놓는다면 어떨까?"

생각만 해도 흥분이 일어나는 롱 버트였다.

"또 있잖은가."

"그래, 맞아. 불사의 철인들. 우리에 앞서 인류의 일에
개입해 왔던 자들. 감히 신성한 분의 길에 불경스럽게도 검
을 들이댄 괴물들. 놈들은 여전히 자신들만이 진짜 세상의
주인이라고 생각하지. 창조주, 자린의 은혜와 자비로 그들
의 존재가 유지되었음을 망각한 채. 감히 천공을 가늠하며

지금도 은밀하게 주인 행세를 하고 있다네."

"……그들을 시험해 볼 작정인가."

"우리의 유일한 주인께서 내렸던 약속을 놈들이 언제까지 지킬 수 있는지 확인할 거라네. 맹약을 깨어 준다면 더 좋고. 그렇게만 해 준다면…… 제르 호바께서 더 일찍 강림하실지도 몰라. 어쩌면 그분께서 그토록 바랐던, 라 자린과의 접촉이 이루어질 수도. 따라서 이번에야말로 확실히 위대한 제르 호바의 뜻을 관철시켜야 해. 그것을 위해 존재하는 우리들이니까."

노림이 자리에서 일어났다.

눈은 감고 있지만 익숙한 움직임으로 천천히 걸으며 고민을 거듭한다.

"신념…… 신념이라."

지금 순간에도 노림의 눈동자는 빠르게 움직였다.

"롱 버트. 자네가 입 밖에 꺼내기 두려워하는 그 이름, 내가 맞춰 볼까?"

"……."

"화염의 주인이자 모든 화산 위에 우뚝 선, 진홍의 드래곤. 라흐다."

롱 버트가 길게 한숨을 내쉬었다.

"여전히 그분을 두려워하는군."

노림이 차갑게 가라앉은 음성으로 말했다.

"아니, 그저 원망할 뿐. 자린께 닿을 수 있었던 기회를 인류에게서 빼앗아 버린 자가 아닌가."

롱 버트의 말을 흘리며 노림은 주름진 손으로 천천히 눈가를 쓰다듬었다.

"그 또한 그분의 신념이었을 테지. 우리는 절대로 알 수 없는……"

찌이이익.

투둑!

살이 찢어지는 소리와 함께 실이 끊어지는 소리가 같이 들렸다.

툭, 툭.

그 근원을 알아챈 롱 버트의 입가에 살며시 웃음이 감돈다.

화아악!

뒤돌아섰던 노림의 안면부에서 강한 빛이 뿜어져 나와 울퉁불퉁한 벽면을 환하게 만들었다.

우르르르르.

동굴 내부가 진동했다.

조금 심하게 표현하자면 프로즌 아일 전체가, 산이 포효한 것이었다.

"드디어, 탄타쿨의 봉인을 걷어 냈군. 축하하네."

찢어진 눈꺼풀에서 피를 줄줄 흘리며 돌아선 노림.

그의 주름졌던 얼굴이 점점 팽팽하게 변했다.

"섬겨 온 분을 거역하도록 만든 자네, 롱 버트. 부디 내가 이 결심을 후회하지 않도록 해 주게."

섬겨 왔다? 노림이 충성을 맹세한 존재는 제르 호바가 아니었던가.

"자네에게 천둥 군단을 움직일 수 있는 전권을 주지. 또한 '올 씽 아이'의 광대한 시선 일부를 엿볼 권리도."

롱 버트의 미소가 짙어졌다.

"자네가 완전히 회복되어 돌아올 그날까지 그 호의, 잘 맡아 두겠네. 위대한 왕자여."

롱 버트가 일어나 고귀한 혈통의 계승자를 향해 극진한 예를 바쳤다.

거대한 전쟁의 소용돌이가 트라폴리아 대륙, 아니, 전 세계를 집어삼키기 위해 태동했다.

* * *

날개를 펼친 새를 닮은 트라폴리아 대륙.

중부와 남부의 경계가 시작되는 부분에서 남서쪽으로 멀리 떨어진 바다 위에 섬이라고 부르기 애매할 정도로 거대한 육지가 존재했다.

주변 10,000㎞ 내에 900여 개의 섬들이 대륙을 향해 나아가듯 난립해 있는 전형적인 군도.

사람들은 그곳을 푸른 산호섬—또는 푸른 산호 군도—이라 불렀다.

아득한 옛날, 시론의 오왕국 중 하나였던 오르시가 이곳에 자리를 잡았고, 드래곤 전쟁이 시작된 후, 해적의 나라로 변했다가 전쟁이 끝날 무렵, 탄타쿨의 분노로 멸망했다고 전해진다.

군도 주변의 바다는 기이한 기운으로 가득 차 외부의 접근을 원천적으로 허용치 않는다.

옛 로슈르의 황제들과 대륙의 모험가들은 몇 번이나 이 지역을 탐험하려 했으나 결국 포기하고 영원한 금지로 지정해 다시는 관심을 두지 않았다.

그러나 이 금지에 살아가는 자들이 있었다.

전쟁이 끝난 후, 오르시의 강인한 해병—해적—들 일부가 탄타쿨의 공격으로부터 살아남아 이 군도를 국가적 규모로 재건하는 데 성공한 것.

마치 안개처럼 군도를 두르고 있는 기운이 아니었다면

이곳에서 이러한 거대 세력이 자생할 수 없었을 것이다.

그 이름처럼 7,000㎢에 이르는 면적을 장악한, 푸른 산호들이 해수면 아래에서 땅을 받치고 있는 군도의 제1섬.

전체 인구가 500만에 달하는, 대륙에서도 흔치 않은 규모의 거주지가 형성되어 있는 곳.

300척이 넘는 배가 정박해 있는 항구를 벗어나 안쪽으로 쭉 들어가 보면 군사 목적으로 조성된 단지가 나온다.

빼애액―!

하늘 멀리서 갈매기가 우짖는 소리에 한 남자가 고개를 들었다.

낮은 언덕에 편안한 자세로 누워 있던 그는 상념을 거두고 검은 머리칼을 쓸어 넘겼다.

햇볕에 말려 두었던 가죽 방어구를 주섬주섬 입은 뒤 마지막으로 푸른색 두건을 머리에 질끈 묶는다.

"오옥― 토― 푸― 스으으―!"

멀리서 앳된 음성으로 소리치는 이가 있다.

자리에서 일어난 옥토푸스―알트로피데스―는 몸에 묻은 흙과 풀을 툴툴 털어 내며 그 방향으로 걸었다.

옥토푸스는 자신에게 달려오는 어린 소년을 묵묵히 바라보며 작은 미소를 지어 본다.

"헥! 헥!"

"준비는 끝났고?"

"예! 다 모였어요."

옥토푸스의 큰 키에 비해 터무니없이 작은 소년은 지역민 특유의 매부리코를 긁으며 말했다.

둘은 천천히 주둔지를 향해 나아갔다.

"옥토푸스."

"그래."

소년은 주머니에서 뭔가를 꺼내 소매로 슥슥 닦아 옥토푸스에게 건네 주었다.

반짝반짝 빛이 날 정도로 탐스러운 사과였다.

"올해 첫 수확한 거예요. 꼭 옥토푸스에게 평가받고 싶어서……."

"아버지께 감사하다고 전해 드려라."

가볍게 사과를 받고 와직, 한입 베어 물자 신맛이 입안을 상쾌하게 만들어 준다.

소년은 그가 사과를 씨까지 우적우적 씹어 먹는 모습을 바라보며 기대에 찬 표정을 지었다.

꿀꺽.

"흠, 이거 질투가 나는군."

"에에?"

자못 심각한 표정으로 바뀐 옥토푸스의 얼굴을 보던 소년이 놀라 소리쳤다.

"토타르퍼스의 축복이 너희 집안에만 내린 듯하구나."

멍하니 옥토푸스의 말을 곱씹던 소년은 곧 환하게 웃었다.

"칭찬이지요?"

"아, 몰라."

누가 보더라도 다정한 모습을 연출하는 두 사람.

"힘들지 않니?"

"뭐가요."

"네 나이에 어른들 역할 하는 게 쉽지는 않은데."

"에이, 저희 형도 훌륭한 전령이었는데요, 뭐."

순간 소년의 표정이 어두워졌다.

그의 형은 몇 개월 전, 옥토푸스를 따라 모종의 작전을 수행하러 나갔다가 불귀의 객이 되고 말았기 때문이다.

600명을 초과하는 인원이 검은 갑옷을 입은 전사와 함께 출진했고, 돌아온 이들은 옥토푸스를 포함해 200명이 채 안 되었다.

"그는 용감했단다. 전령이면서도 동료들의 죽음을 보고 칼을 들었지. 넌 형을 자랑스러워해도 된다."

소년을 위로하는 옥토푸스.

하지만 소년의 형은 다름 아닌 옥토푸스의 손에 죽었다.

검은 데일의 명령으로 마지막에 상륙했던 100여 명의 부하들을 몰살시킨 이.

"아버지께 조만간 찾아뵙겠다고 해."

옥토푸스는 소년의 머리를 쓰다듬는다.

주둔지에 이르자 50명 정도의 청년들이 무리지어 있었다.

17, 8세 정도 되어 보이는 그들은 옥토푸스가 등장하자 일제히 차렷 자세를 잡았다.

옥토푸스는 그들을 가로질러 맨 앞에 위치한 단상으로 올라갔다.

단상 뒤편에 우뚝 솟은 검은 바윗돌.

그리고 그 바로 앞에 갈고리 형태의 닻을 움켜 쥔 독수리 조각.

옥토푸스는 그 앞에서 깊이 고개를 숙인 뒤 몸을 돌려 청년들을 바라보았다.

"그대들의 숭고한 마음에 경의를 표한다."

청년들에게도 같은 자세로 예를 보내는 옥토푸스.

"쉽지 않은 결심이었을 것이다. 사랑하는 가족들과 이별해야 하고, 그대들이 '인간' 으로서 살아갈 수 있는 세월을 포기했으니."

청년들의 눈빛이 흔들렸다.

"하지만 그 결심으로 우리의 부모형제들은 바깥 세상의 위협으로부터 안전해질 것이다. 그것은 누구의 몫도 아니다. 바로 우리의 것이다!"

"우……."

청년들의 입에서 나온 신음은 두려움으로 인한 것이 아니었다.

"명예로운 해병의 자손들이여. 위대했던 지도자 토타르퍼스의 핏줄들이여. 칠흑의 드래곤에게 충성을 맹세한 종복들이여. 내일 해가 떴을 때, 그대들은 시대를 이끌어 갈 새로운 영웅으로서 태어날 것이다!"

"와아아아아!"

청년들이 함성으로 옥토푸스의 연설에 화답했다.

"저 태양이 수면 아래로 잠기면 다시 이곳으로 모이라. 마지막 선택의 기회를 주겠다. 결심이 흔들렸다고 해서 누구도 탓하지 않는다."

"아닙니다! 아닙니다!"

가슴을 퉁퉁 치며 외치는 청년들에게 빙긋 웃음을 지어 보낸 뒤 옥토푸스가 단상에서 내려온다.

"아레스."

"예."

"너도 집에 가서 좀 쉬고 내일 오후 늦게 오거라."

"……."

소년, 아레스는 옥토푸스의 말에 뚱한 표정을 지었다.

"괜찮아. 오늘 같은 날에는 나 혼자 지내는 것이 마음 편하단다."

"그래도……."

"왜?"

"전, 형님들이 전사로 거듭나는 모습을 보고 싶어요. 저도 4년이 지나면 드래곤의 은혜를 받을 거니까요. 우리 땅을 지키고 우리의 소망을 이루어 줄 강인한 전사가 되고 싶어요."

"권하고 싶지는 않다만."

옥토푸스의 얼굴이 짐짓 엄해졌다.

"그건 다음에 생각하기로 하고 일단은 집에 가 있어. 내말 자꾸 안 들으면 다른 친구로 전령을 교체할 테니까."

"힉!"

깜짝 놀란 척하던 아레스는 부리나케 밖으로 달려 나갔다.

"후후."

옥토푸스는 아레스의 뒷모습을 보며 어이없다는 듯 웃었다.

그러나 잠시 후, 그의 얼굴이 차갑게 굳었다.

"……이것이 인간의 마음인가. 그녀가, 헤테르프가 그토록 원하던 인간의…… 마음."

옥토푸스는 자신도 어느새 그것에 조금씩 물들었음을 깨달았다.

세상 어떤 생물보다 냉철하며 합리성을 추구하던 자신들.

아끼고 사랑했지만, 또한 경멸할 수밖에 없었던 인간들. 그리고 그들의 마음.

5000년에 이르는 시간 동안 인간들과 함께 어울려 그들을 지켜보고 또 지도해 왔던—여러 세대에 걸쳐 이름과 모습을 바꿔 가며 살았기에 누구도 알트로피데스에 대해 의구심을 품지 않았다—옥토푸스는 이제 헤테르프를 조금이나마 이해할 수 있을 것 같았다.

자신의 손으로 100명의 전사들을 도륙하고 불살라 버린 일에 대해 처음에는 후회하지 않았다.

당연히 안타깝지도 않았고, 동정 따위는 더더욱 없었다.

그러나 시간이 지날수록 목 아래에 위치한 드래곤 하트가 아닌, 가슴 오른편에서 알 수 없는 아픔이 일어났다.

그것은 바로 '인간'의 감정을 상징하는, 드래곤에게는

없는, 자신의 주먹보다 약간 큰 내장기관의 작용이었다.

"또 다른 진화일까, 헤테르프?"

전쟁 중 갑자기 사라진, 어쩌면 죽어 뼈조차 남기지 않았을 옛 친구를 향해 물어보는 옥토푸스.

옥토푸스가 단검을 꺼냈다.

그리고 물이 가득 찬 통으로 다가갔다.

스걱.

그는 망설임 없이 손목을 그었다.

퐈아아아!

피가 분수처럼 터져 나와 물통의 물과 섞였다.

그러자 놀라운 일이 일어났다.

옥토푸스의 피가 섞인 물이 부글부글 끓기 시작한 것이다.

온몸의 피를 다 짜낼 듯하던 옥토푸스는 어느 정도 시간이 흐르자 끓고 있는 물통에서 손을 꺼냈다.

순식간에 아물어 버리는 상처를 무표정하게 바라보며 그가 중얼거린다.

"드래곤의 은혜……? 다른 형태의 저주겠지."

해가 떨어진 뒤, 이 물을 마신 청년들은 진정한 '해적'이 될 것이다.

낮과 밤을 다르게 살아가는.

끼에에엑!

또다시 먼 곳에서 갈매기가 울었다.

"설마."

그의 얼굴이 일그러졌다.

보고 싶지 않은 누군가를 떠올린 듯, 그의 몸에서 괴이한
기운이 펄럭거린다.

"휴우우……."

괜히 피곤해진 옥토푸스는 관자놀이를 꾹꾹 누른 뒤 문
을 나섰다.

휘이잉―

시원한 바람이 가득 맴도는 이곳은 제 1섬에서도 사람의
발길이 전혀 닿지 않는 곳이었다.

그것은 아득한 옛날, 다른 이름과 신분을 가지고 살았던
옥토푸스 본인이 직접 금지로 지정했기 때문이었다.

절벽이 방패처럼 늘어선 해안.

외부에서도 이 장소로 오려면 '부식하는 바다'를 통과해
야지만 가능했다.

다시 말해, 제렌 디스나 현 로슈르 제국 수석 마법사―
황제의 스승이자 국립대학교 마법학부 명예 교수. 100세
가 훨씬 넘는다고 알려져 있다―정도의 거물들이 아니면

절대로 접근할 수 없다는 뜻이다.

그런 장소에서 옥토푸스는 과연 누구를 기다리는 것일까.

절벽 위에서 안개에 휩싸인 바다를 바라보는 그의 얼굴은 나설 때와는 달리 편안하기만 하다.

"끙!"

절벽 아래에서 누군가 힘쓰는 소리가 들렸다.

그곳을 바라보는 옥토푸스의 눈이 반짝 빛난다.

"끄으응! 끙차!"

흙이 잔뜩 묻은 사람의 팔 하나가 낭떠러지 위로 올라왔다.

잡아 줄 생각도 않은 채 묵묵히 그가 애쓰는 광경을 지켜보는 옥토푸스.

"으라찻!"

마지막 힘을 다해 올라온 손님이 헥헥거린다.

묶었던 머리가 다 풀어진 채 지저분해졌고, 온몸이 땀에 젖어 버린 남자.

숨을 고른 뒤 흘러내렸던 안경을 슬쩍 올리며 고개를 돌리는 그는.

아타르 슈네인이었다.

데일의 어머니와 여동생을 데리고 사라졌던 의문의 문학 선생.

"아, 좀 잡아 주지 않고."

안경을 호호 불며 먼지를 털어 내는 슈네인을 보며 옥토푸스가 차분하게 입을 열었다.

"오랜만입니다."

"아아, 그래. 얼마만이지?"

"……2000년 전 쯤에 마지막으로 뵌 듯하군요."

정확히 제국력 2937년, 지금과는 다른 모습을 했던 슈네인의 마지막 방문이 있었다.

그리고 그때는 베난드록과 다섯 기사들의 비극적인 일대기가 끝나 가는 때이기도 했다.

"벌써? 그렇군. 시간이 많이 흐르긴 했구먼. 어쩐지…… 나도 많이 늙었어. 겨우 이 정도로 힘들어 하다니."

"늙다니요. 하지만 꼭 농담처럼 들리지는 않는군요."

"그런가?"

안경을 고쳐 쓴 슈네인의 입가에 소름끼치는 웃음이 턱 걸린다.

"후읍!"

옥토푸스가 순간적으로 숨을 몰아 삼켰다.

저런 모습을 하고 있지만 그가 어떤 존재였는지 결코 잊지 않았기 때문.

"좋아 보이는구먼."

"당신께서도 마찬가집니다. 여전히 유쾌한 분이십니다."

"껄껄!"

호탕하게 웃는 슈네인은 조금 전 힘들어 하던 모습은 온데간데없었다.

"한데, 무슨 일로? 아버지께서 강림하실 그날 이전까지는 당신을 뵐 일이 없을 줄 알았는데요."

약간은 도발적으로 말을 꺼내는 옥토푸스였다.

"그럴 줄 알았지. 하지만 뜻대로 되는 일만 있는 게 아니야. 가끔이긴 하지만."

슈네인은 주변을 주욱 둘러보며 아름다운 자연 경관에 취한 듯 눈을 가늘게 좁힌다.

"그동안 인간들의 저력을 지나치게 무시했어. 너무 북쪽 놈들만 신경 써 왔지."

"그렇습니까?"

슈네인은 왠지 모르게 만족스러워하는 얼굴이 된 옥토푸스를 한심하다는 듯 바라보았다.

"그 얼굴은 뭔가. 인간들과 오래 어울리다 보니 그들을 이해하기라도 한 건가? 알트로피데스."

"그럴 리가요."

알트로피데스—옥토푸스—는 슈네인의 말에 표정을 굳힌다.

"상관없어. 네가 무슨 생각을 하든, 미래에 올 결과는 변하지 않을 테니까."

"······."

"내가 왜 왔냐고 물었지? 이제 답해 주지. 나와 내 일행을 당분간 이 군도 어딘가에 숨겨 줘."

"옛? 그리고 일행이라고요?"

알트로피데스는 이 극강한 괴물이 무슨 말을 하는지 갈피를 잡을 수 없었다.

"당분간만이야. 조용히 앞으로의 일들을 조정해 볼 필요가 있어서."

알트로피데스는 슈네인의 이 말이 전부가 아님을 안다. 뭔가 다른 계획이 있을 터.

하지만 거기에 더해 일행이라니.

그는 말없이 낭떠러지 끝으로 걸어가 아래를 살폈다.

모래밭에 살짝 걸린 작은 나무배 위에 어떤 중년의 여인과 딸로 보이는 아이가 있었다.

"······의외로군요."

"이봐, 오해는 하지 마. 내게 육욕 따위는 없으니까. 그냥 적당한 자리만 잡아 줘."

"어디선가 본 적이 있는 것 같기도 합니다만."

알트로피데스는 저 여인이 그리 낯설지 않았다.

하지만 본 적이 있냐고 묻는다면 결코 아니라고 대답할
수 있다.

"뭐, 아니겠지요. 5000년 동안 스쳐 간 인간들 중 닮은
사람이 있었을 수도."

의문이 가시지 않았지만, 그는 순순히 고민을 포기하고
슈네인에게 몸을 돌렸다.

그러나 그가 너무나도 가볍게 넘긴 사실이 있었다.

슈네인의 등장은 그렇다 치고 평범한 두 인간이 더 있었
다는 것을 왜 알아차리지 못했을까.

슈네인이 그 능력으로 저들의 존재를 감추었다고 해도
이 정도 거리에서조차 파악할 수 없었다는 것은……

"좌표 S1399728, E3673730에 세 분이 은밀히 머
무를 작은 섬이 있습니다. 군도에 속해 있지 않은 비밀스러
운 지역입니다."

마치 암호를 말하듯 장소를 지정해 주는 알트로피데스.

그리고 그것을 알아들은 것처럼 고개를 끄덕이는 슈네인.

"경고해 두지만 말이야."

"……?"

"저들에 대해 뭔가 알아낼 생각은 하지 않는 게 좋아."

"제 생각을 읽으셨습니까?"

"뭐, 조금."

알트로피데스가 피식 웃으며 고개를 흔든다.

슈네인의 진실한 모습을 아는 그는 저 연약해 보이는 외형에 잠시 현혹된 자신을 나무랐다.

"짧았지만 즐거운 만남이었다."

"저 또한 그렇습니다. 또 제게 명하실 일은 없습니까?"

"없어. 넌 단지 기다리기만 하면 돼, 네 아버지의 강림을."

"설마 그것 때문에, 죽으려던 절 살도록 명한 것은 아닐 텐데요."

"왜 아니겠어. 나중에 그가 돌아왔을 때, 한 팔이라도 더 거들어야 하잖나. 응?"

그는 눈을 찡긋하며 말하는 슈네인을 도저히 믿을 수 없었다.

알트로피데스는 슈네인과 그 일행들이 배를 타고 떠나는 모습을 끝까지 지켜보았다.

배가 작은 점이 되어 안개 쌓인 수평선으로 완전히 사라지자 무겁게만 보였던 그의 입가에 웃음이 걸린다.

"인간을 이해했다고? 크크크크."

누구에게 하는 말일까.

"누구보다 인간을 사랑했던 이는 당신이 아니었습니까.

그 사랑이 지나쳐 욕심이 되었고, 그로 인해 오늘의 결과를 가져왔으면서. 미래에 올 결과? 당신만의 망상이지요."

이 정도라면 슈네인의 영향력에서 자신을 완전히 지킬 수 있다.

따라서 지금은 무슨 말이든, 무슨 생각이든 자유롭게 행하는 것이 가능했다.

"당신께 죄송하지만 전 이미 아버지를 뵈었습니다. 황금의 주인에게 예정된 육체를 잠시 빌려 오셨더군요."

검은 데일과 만났던 그날을 말한다.

"그러나 어쩌면 좋습니까. 전 이미 아버지도, 당신도, 저주의 '핵'을 퍼부었던 탄타쿨조차 신뢰하지 않는데요. 어쨌거나 당신이 죽으려던 저에게 삶의 방향을 제시해 주신 점, 무척이나 감사드립니다. 살아남았기에 제가 앞으로 무엇을 해야 할지 스스로 깨달을 수 있었으니까요."

한 가지 이상한 점이 있다.

알트로피데스는 분명 자신이 데일의 몸에 잠시 깃든 제르 호바를 만났다고 말한다.

그러나 그날 실제로 데일에게서 발현된 존재는 본래 주인이 될 탄타쿨이었다.

총명한 황금 드래곤의 정신은 알트로피데스를 속여 넘긴

것에 대해 크게 안심했었고.

한데 그것이 과연 진실이었을까.

바무스 파낙툴로 공간 이동한 이후, 데일은 어두운 정신의 방 속에서 제르 호바로 추정되는 존재를 확인했다. 그는 또한 유전자 깊이 숨어든 탄타쿨의 어리석음을 비웃었다.

알트로피데스는 얼마나 살아왔는지 모를 흑룡족 그 자체다.

그런 그가 정말로 자신이 아버지라 부르는 존재와 탄타쿨의 임기응변을 구별하지 못했을까?

불완전함으로 가득한 탄타쿨의 영혼.

유전자의 '명령'에 묶여 있는 힘 잃은 존재.

어쩌면 모두가 깊은 착각 속에 빠져 있을지도……

태양이 서서히 빛을 잃어 갔다.

다시 옥토푸스로서 존재해야 할 시간이 되었다.

한동안 차가운 바다를 응시하던 알트로피데스는 곧 자신을 기다리는 '해적이 될 자'들이 있는 곳으로 몸을 돌렸다.

*　　*　　*

부드럽고 감미로운 바이올린 소리가 은은하게 퍼졌다.

처음부터 끝까지, 잠이 올 만큼 느린 이 곡은 로슈르 제국의 황제가 특히 좋아한다고 알려져 있다.

황실의 악사들이 돌아가며 황제의 곁에서 연주를 계속하는 사실은 이미 유명하다.

지금도 어두침침한 황제의 집무실 구석에서 악사 한 명이 땀을 흘리며 연주에 열중하고 있었다.

"쿨~"

황제는 아까부터 잠들었는지 코를 곤다.

그는 20년 전, 황제의 곁에서 연주할 영광을 얻었을 때 세상을 다 가진 듯 기뻐했었다.

그리고 그 기쁨은 최근까지 사그라지지 않았었다. 최근까지는.

영명하고 위엄 넘치던 마다르 욘 세프라임 2세는 어느 날 갑자기 변해 버렸다.

그 변화가 너무나 순식간이었기에 악사는 자신이 꿈을 꾸는 줄 알았었다.

연주를 할 때, 늘 다정하게 말을 걸어 주었고, 가족에 대해 대화를 나누며 악사의 사춘기 아들을 걱정해 주던 황제.

그의 빛나던 눈빛이 흐려지고 듣기 좋던 중저음의 목소리가 하루 만에 쉬어 버린 현상은 도저히 납득하기 힘든 일이었다.

80세가 넘은 노인이었기에 그럴 수도 있다 생각해 보았지만 그 '하루'라는 시간차는 아무리 고민해 보아도 정답을 말해 주지 않는다.

대체 황제에게 무슨 일이 있었던 것일까.

뚝.

악사의 연주가 멈췄다.

교대 시간이 된 것은 아니었다.

그는 문소리도 들리지 않을 정도로 조용히 나타난 인기척을 느끼고 연주를 중단한 것이다.

악사는 어둠 속에서 검지로 입을 막는 시늉을 하며 나타난 이에게 깊이 예를 바치며 뒷걸음으로 물러났다.

동시에 멀리 있는 입구를 지키던 황실 기사 두 명도 조용히 문을 열고 나간다.

방금 등장한 자는 이 제국에서 황제 다음으로 고귀한 인간.

바로 황태자, 리아레 카본 세프라임이었다.

악사와 기사들이 집무실에서 멀어졌음을 확인한 카본은 황제의 권좌 뒤에 섰다.

여전히 태양이 전혀 닿지 않는 그 공간.

어둠 속에서 내리깔은 카본의 눈이 묘하게 빛난다.

"아버지……."

평소의 퉁명스럽고 약간은 날카로웠던 카본의 음성이 아니었다.

차분하고 부드러우며 애처로움까지 깃든 그것…… 다른 이가 들었다면 놀라움을 표했을 것이다.

"아이들이 사라졌습니다. 우려하던 일이 일어났어요."

아이들이라면 데일을 포함한 다섯이 틀림없다.

"아버지의 뜻에 따라 동생에게 보리스 아저씨의 권력을 넘겨 준 것이 실수일까요."

"……."

"아버지의 둘째 아들이, 제 동생이 벌써 이렇게 커 버렸습니다. 기분이 좋긴 하네요."

황태자는 무엄하게도 황제의 앞에서 킥킥거리기 시작했다.

"차라리 카리용을 선택하지 그러셨습니까. 저보다 훨씬 강단 있고 적극적이며 무자비한 성품을 가진 아이인데요."

선택이라…….

"아버지의 자리에 정말로 어울리는 카리용을 왜 내치셨는지 전 아직도 모르겠습니다. 전 정말 자신이 없습니다."

"끄응."

황제가 몸을 뒤틀며 숨을 고른다.

"제 성격이 이렇게 변한 때가 그때였죠? 아버지께서 모든 것을 알려 주고 보여 주신 그날. 이후 수년간 헤어날 수 없는 악몽을 선사해 주신 그날……. 잔혹했던 과거의 환영과 불길한 미래. 어린 저에겐 큰 충격이었답니다."

황제와 황태자의 나이차는 30년이 넘는다.

보통 20세 전후에 후손을 보았던 역대 군주들과 달리 세프라임 2세는 30세가 넘어서야 첫 아들을 생산했다.

뭔가 과거에 일이 터졌음이 분명했다. 그리고 역대로 그래 왔듯 황제가 다음대 황제에게 넘겨 줄 또 다른 비밀스러운 권력에 관한 모든 것.

그것을 준비가 덜 된 어린 황태자에게 알려 주었다는 뜻도 된다.

"어쨌거나 이제 아이들은 아버지의, 저의 품에서 완전히 벗어났습니다. 예정된 일이었을지도 모르죠. 처음부터…… 우린 농락당한 것일까요?"

"……그, 그……."

황제의 입에서 떨리는 음성이 약하게 새어 나왔다.

"확인해 보니 동생의 손에서도 사라졌습니다. 전투도 없었고요. 그냥 갑자기 증발하듯 없어졌다고 하네요. 금발머리 꼬마, 데일의 능력이겠지요. 구원자이거나 어쩌면 파괴의 군주로 돌변할 수 있는 데일 잉그하임. 맞죠?"

"그어……."

"아버지께서 갑자기 이렇게 변하시고 나서부터 모든 일들이 예측을 불허합니다. 짐작하신 것처럼 '코치' 들 내부에 배신자가 있는 게 틀림없어요. 루산. 맞아요. 루산을 키워 왔던 얀 하스. 그의 시험으로 인해 롱 버트가 깨어났고, 그날이 아버지의 총기가 사라진 날이었죠."

그때 갑자기 창문을 통해 가늘게 들어오던 햇빛들 중 하나가 권좌 쪽으로 이동했다.

이 놀라운 현상에도 카본은 놀라지 않았다.

빛이 황제의 얼굴에 닿았다. 늙고 추하게 변해 버린 황제.

그러나 빛을 머금은 순간, 황제의 눈동자가 되살아났다.

"아들아."

이 음성은 예전의 그 위엄 가득하던 때와 같다.

"네 말이 맞다. 얀 하스…… 그가 롱 버트의 부활에 관여했다. 루산으로 하여금 그 마왕을 세상에 나오도록 한 게지. 드래곤의 유전을 이어받은 자만이 드래곤의 저주를 받은 제렌 디스를 완전한 상태로 현신케 할 수 있었을 테니까."

"오, 위대하신 퍼펙트 그레이. 당신의 부재가 저희에겐 너무나 큰 시련입니다."

"전능한 자린의 뜻이니라. 인간을 시험하기 위한."

"……그것이 결국 멸망으로 귀착된다면 그 또한 자린의 뜻입니까."

"혼란스럽구나, 아들아. 이미 예언은 빗나갔고, 달과 별들이 같은 선을 향해 더욱 빠르게 움직이고 있노라. 그것에 누가, 왜, 관여했는지 우리로서는 알 수 없다."

"전 알 것도 같습니다."

"……."

"아버진 두려우신 겁니다. 그 이름을 언급하기가."

황제의 얼굴을 비추던 빛이 조금씩 제자리를 향해 이동했다.

어두워진 권좌.

황제는 다시 초라한 노인의 모습으로 돌아가 고개를 숙이고 축 처져 버렸다.

"곧 대륙을 뒤흔들 일들이 벌어질 겁니다."

카본이 우울한 음성으로 말을 이었다.

"제렌 디스의 괴물들과 병사들이 침공을 시작할 날이 머지않습니다. 북부 자유무역연합도 언제까지 우리의 아래에서 숨죽이고 있지만은 않겠지요. 죽지 않는, 용암의 바다 너머 철인들의 비호가 그들과 함께하니까요. 다른 대륙들에도 심상치 않은 바람이 불고 있다더군요. 이 세상은 이미 썩어 가는 인간의 시체와 넘치는 피를 원합니다."

카본이 주먹을 꽉 쥐며 낮게 말했다.

"아버지의 피를, 아득한 옛날 초인이라 불렸던 그의 혈통을 계승한 저 카본. 언젠가 아버지에 뒤지지 않는 위대한 퍼펙트 그레이가 되어 혼란스러운 세상에 평화를 가져오겠습니다. 아, 그 평화가 비록 거짓된 것이라 하더라도."

휙.

카본이 몸을 돌려 권좌 뒤쪽 쪽문을 향해 걸었다.

"아무래도 '올 씽 아이'의 비밀은 저 혼자 풀어야겠네요. 불쌍하신 아버지……."

그는 이 말을 마지막으로 집무실에서 완전히 자취를 감추었다.

이제야 모든 것들이 이해가 된다.

어찌하여 다섯 아이들을 무난하게 관리할 수 없었는지.

왜 퍼펙트 그레이가 그처럼 막강한 조직을 제대로 이끌지 못했는지.

또 자식인 2황자 카리용의 공격에 힘없이 조직을 후퇴시켰어야 했는지.

그 자신이 형제처럼 여기던 솔윈 자르 보리스의 죽음을 막지 못했는지.

휘몰아치는 위협들을 효과적으로 진압하지 못했는지.

퍼펙트 그레이, 즉…… 황제는 죽어 가고 있었다.

그를 대신할 황태자를 완벽하게 키우지 못한 상태로.

지상 최대의 제국 로슈르.

바다 건너 시엔—그들 역사상 최전성기를 구가한다는—과 정면으로 맞붙어도 7할 이상 승리를 자신한다는 무적의 제국.

그곳의 황제가 어째서 숨은 조직의 주인이 되어 어둠을 관할해야 했을까.

그것도 대를 이어서.

누구의 혈통을 계승했기에?

숨어 있던 진실들이 서서히 드러나기 시작했다.

6장
싸크비스의 무덤

RAJA RIN

콰콰콰콰콰!

강력한 냉기가 한 점을 향해 쏟아졌다.

팟!

순간 선명한 푸른색 불꽃이 그 점 바로 앞에서 피어났다.

마치 거인이 던진 방패의 형상과 흡사한 그것에 두껍게 회전하며 다가온 냉기가 충돌했다.

방패에 막혀 사방으로 퍼지던 얼음 조각들은 후끈 달아 오른 일행의 주변에서 작은 무지개를 만들며 증발한다.

키릭이 불러낸 베텔기우스의 방패도 서서히 그 힘을 잃 어 갔다.

"다섯. 넷……."

데일이 갑자기 중얼거리기 시작했다.

그동안 상대로부터 여러 차례 같은 냉기 공격을 받았지만, 한 번도 입을 열지 않았던 데일이었다.

"……둘, 하나. 지금!"

펑!

방패가 사라짐과 동시에 길게 이어졌던 적의 공격도 멈췄다.

순간, 흐린 잔상만 남기고 자오링이 일행 속에서 사라졌다.

그녀가 나타난 곳은 냉기를 쏟아 냈던 적의 바로 뒤편.

뻣뻣한 미라를 연상케 하는 적이 삐걱거리며 뒤를 돌아보았다.

안구가 있었을 컴컴한 공간에서 허연빛이 발생했다.

"짜증나!"

퍼석!

녹광이 아른거리는 그녀의 주먹이 미라의 척추 중심을 파고들었다.

"하압!"

펑!

푸석거리는 내장의 불쾌한 느낌 속에서 자오링이 기합을 토하자 순간적으로 터져 나온 막대한 내력이 미라의 신체를 폭발시켰다.

"키릭, 준비해."

데일이 말하자 키릭은 당연한 듯 정신을 집중한다.

"웩! 더러워."

어느새 일행 속으로 들어와 온몸에 묻은 이물질에 소름 끼쳐 하는 자오링.

내공과 외공을 극한까지 수련한 초고수의 면모가 잘 드러나는 순간이다.

콰아아아아!

팅! 팅팅!

이제껏 날아온 공격보다는 훨씬 약해졌지만, 그래도 무시할 수 없는 폭풍들이 지속적으로 이들에게 향했다.

"······셋, 둘, 하나. 됐어."

숫자를 역으로 세던 데일의 말이 끝나자마자 거짓말처럼 적의 공격이 멈췄고, 푸른 방패도 잔상을 남기며 흩어진다.

맨 뒤에 있던 루산이 벌떡 일어났다.

어느새 그의 롱 보우에 걸린 두 개의 긴 화살.

화살촉 끝에서 한줄기 연기가 뱀처럼 꿈틀거렸다.

피융—!

화살들이 나란히 선을 그리며 날아갔다. 각각의 화살촉에서 나온 연기가 서로 이어져 가느다란 실을 형성했다.

스걱.

실에 걸린 미라 하나가 들고 있던 지팡이와 함께 절반으로 잘려 넘어갔다.

그걸로 끝이 아니었다.

동시에 벽에 박힌 화살에서 연하늘색 안개가 스멀스멀 발생했다.

그 근처에 있던 미라 하나가 알아들을 수 없는 주문을 외치며 지팡이를 일행들에게로 뻗었다.

순간, 화살이 박혀 있던 벽에서 세찬 기운이 놈을 덮쳤다.

빠드드득.

급속도로 얼어붙어 버리는 적.

다른 미라 하나가 자신에게 다가오는 루산의 냉기를 피해 뒷걸음친다.

"넌 내꺼."

푹.

놈의 뒤에서 나타난 자오링이 그 등판에 주먹을 밀어 넣었다.

펑!

"웩!"

진저리를 치는 자오링의 비명이 공간을 진동시켰다.

퍽!

아직 꿈틀거리던 미라의 머리통이 절반으로 쪼개졌다.

키릭은 곧 바닥까지 뚫어 버린 세이비어를 뽑아내 슥슥 닦은 뒤 등에 걸쳤다.

그는 또 더 이상 남아 있는 적은 없음을 확인하고서야 일행 가까이 다가갔다.

그리 짧지 않은 전투였기에 격렬하게 몸을 움직였던 자오링은 숨을 고르며 내력을 모으고 있었다. 그런 그녀 뒤에서 조용히 축언을 읊던 리디아가 키릭에게 고개를 끄덕여 준다.

"이건 다 뭐야."

자오링의 투덜거림에 루산이 입을 열었다.

"예전에는 그냥 석상인 줄로만 알았다. 이 무덤을 지키는 파수꾼일 줄이야……."

루산은 예전 아버지를 따라 이곳을 몇 번 드나들면서 보았던 석상들이 표면을 깨고 튀어나와 자신들을 공격했다는 사실에 충격을 받은 듯 보였다.

"그리고 데일, 너 어떻게 적들의 공격이 들어오고 멈추는 시점을 정확히 알았어?"

자오링이 묻자 조각난 미라들을 자세히 살펴보던 데일이

고개를 들었다.

"시간을 쟀어."

"허!"

"처음에 여덟 구의 미라 각자가 공격을 시작하고 마치는 간격을 확인했지. 그리고 다시 공격하기까지의 시간도. 너 설마 내가 적들의 머릿속을 들여다보기라도 한 줄 알았어?"

"……할 말이 없다, 너랑은 진짜."

"너희들 다 여기까지 오면서 붙었던 괴생물체들과 싸우느라 치쳤어. 특히 리디아가 많이 힘들었을 거야. 잠시도 쉬지 않고 우리의 버퍼로서 기능했으니까. 또 결정적인 순간마다 리디아가 축언을 날려 준 거 모르지? 사실 꽤 무리한 행동이었어."

다들 리디아가 뒤에서 묵묵히 힘든 역할을 했다는 사실을 깨닫고 감사를 표했다.

"키릭이 지속적으로 막아 낸 저들의 공격은 보통이 아니었어. 완벽하진 않지만 고대의 드래곤들에게 배운 용언을 활용한 기술이었으니까. 대책도 없이 무작정 키릭이 방어만 했다면 언젠가 힘이 다해 쓰러졌겠지."

키릭이 힘을 조절할 수 있도록, 또 제때 적들에게 공격을 가하도록 정확하게 계산하는 일은 데일의 몫이었다.

군이 미리 말하지 않아도 용케 그것을 알아듣고 행동한 일행들도 꽤 총명한 편.

"여기가 막다른 곳인 것 같다."

키릭의 말에 모두가 동의했다.

루산도 여기서 다른 곳으로 이어지는 통로는 없음을 인정했다.

"이제 어떡하지? 다 때려 부수면 길이 나올까."

키릭이 데일에게 물었다.

"아니. 그랬다간 무덤 전체가 무너질 거야."

"방법이 있으니 여기 왔겠지. 안 그래?"

데일이 품에서 예의 그 손도끼를 꺼냈다.

"그걸 위해 존재하는 열쇠니까. 난 아무렇게나 거래한 것이 아니거든."

데일이 2황자 카리융에게 호난의 태양을 찾아 주겠다고 했던 것은 결국 이들이 가고자 하는 길의 연장선에 있다는 뜻이다.

모든 것이 하나로 연결되어 있다는 데일의 말. 그것은 보이지 않는 진실이었다.

물론 아이들이 그걸 이해했다거나 데일이 행했던 거래에 대해 아는 것은 아니다.

데일은 호난의 열쇠를 들고 느릿하게 광장을 걸었다.

묵묵히 그 모습을 지켜보는 아이들도 두 눈 가득 흥미를 담았다.

"옳지."

해석할 수 없는 글자가 잔뜩 음각된 어느 벽면에 이르자 데일이 환성을 질렀다.

그 모습을 바라보던 자오링이 조용히 중얼거렸다.

"나 정말 쟤 모르겠어⋯⋯. 갑자기 변한 것도 이상한데 뭔가 큰 비밀을 혼자만 알고 있는 것 같아. 이제는 두렵기까지 해. 우리가 이대로 데일을 따라가야 하는지도."

그런 자오링의 손을 리디아가 가만히 잡아 주었다.

데일이 호난의 열쇠를 벽 여기저기에 꾹꾹 눌러 댔다.

순간, 열쇠가 벽으로 쑥 빨려 들어갔다.

어지간한 키릭조차 그 광경에 살짝 입을 벌리며 놀라워한다.

<u>그그그그그긍.</u>

벽면이 열쇠가 사라진 곳을 중심으로 갈라지기 시작했다.

계속되는 진동 아래에서 벽이 조각조각 무너져 내렸다.

한참 눈앞을 가리던 먼지가 가라앉고, 아이들은 벽이 있던 자리에 나타난 거대한 금속체를 보며 숨을 몰아쉬었다.

나름대로 세상을 많이 다녀보았다고 자부하는 루산이었지만, 정면에 나타난 금속 구조물의 결합 상태를 확인하고 경악을 금치 못한다.

상당히 불규칙한 도형들.

그것들 하나하나가 은색으로 빛나는 금속 재질로 이루어져 있고 빗물조차 스며들지 않을 것만 같이 빡빡하게 붙어 있다.

부드러운 유선형을 그리는 금속의 외변들은 언뜻 보면 매끄러워 보이나 실제로는 깨알보다 더 작은 돌기들이 수십만 개 이상 돋아나 있다.

순간 루산은 저 괴상한 광경을 언젠가 본 것도 같은 생각이 들었다.

언제였을까.

데일이 그것을 꾹꾹 누르자 마치 코끼리의 몸통을 누르는 것처럼 살짝 들어갔다 나오기를 반복한다.

"따뜻해……."

데일의 표정이 나른하게 변했다.

그것은…… 어떤 미지의 그리움과도 같았다.

"다들 거기 서 있지만 말고 이리 와."

머뭇거리던 아이들이 데일 근처로 다가왔다.

"모두 표면에 손을 올려. 그럼 우린 운명의 하나를 만나게 될 거야."

네 명은 두말없이 손바닥을 금속에 가져다 대었다.

"헛."

데일의 말처럼 따뜻했다. 정말로 거대한 생물의 피부를 만지는 것이 아닐까 싶을 정도로.

"박동?"

키릭은 자신의 손을 통해 금속 내부에서 미세하게 두근거리는 무언가를 느꼈다.

그것은 정확히 그의 심장이 내는 규칙적인 박동과 일치했다.

"이, 이게 뭐……."

슈우우웃!

자오링이 말을 채 끝내기도 전이었다.

기이한 이끌림이, 자신들의 영혼을 강하게 잡아당기는 것 같은 충격이 다섯 모두를 감쌌다.

* * *

무서웠다.

아버지는 싫다고 바동거리는 루산을 억지로 붙잡고 이 무덤에 데려왔다.

늘 거침 따위는 없었던 루산도 이상하게 산 정상의 무덤에 대해서만큼은 두려움을 가졌다.

사람들 말로는 그곳에 위대한 존재가 있다고 했다.

딱히 신앙의 개념이 없는 이들 부족에게도 숭배의 대상은 있었나 보다.

바무스 파낙툴 대륙 중심부에 있는 거대한 마을, 탈로움의 주민들은 그저 한 번도 본 적 없는 이 땅의 수호자에 대해 감사의 마음으로 살아갈 뿐이었다.

그 수호자를 본 이는 극히 드물었다. 그리고 그들 중에 자신의 아버지가 있었다.

어느 날, 아버지는 루산에게 이제 약속한 날이 되었다며 탈로움에서 하루를 더 가야 닿을 수 있는 이 산으로 다섯 살 루산을 이끌었다.

"고집 부리지 마."

"싫어! 싫다고!"

"허, 참."

그로테스크한 인간형 석상들이 늘어선 통로를 지나 또 같은 형태의 석상 8개가 있는 무덤 내부의 광장에 이르자 루산의 두려움은 더욱 커졌다.

"아, 안 갈래."

"……."

"진짜 무서워. 나 저기 가면 죽을 거 같아."

아버지의 표정이 굳어졌다. 그 또한 뭔가를 느끼고 있다는 뜻이리라.

그릉.

광장을 울리는 낮은 소리가 있었다.

그것은 인간의 원초적 본능 속에 잠재된 포식자의 경고
와도 같았다.

"흑, 흐윽."

루산이 울기 시작했다.

그러나 아버지는 강하게 잡은 루산의 손을 끝까지 놓지
않는다.

아버지가 이를 악무는 모습이 눈물 젖은 아이의 눈동자
에 들어왔다.

그는 왜 루산이 싫다고 하는 행위를 강행하려 할까.

쿵. 쿵.

그때 어디선가 육중한 무언가가 다가오는 소리가 들렸다.

그 소리는 멀리서부터 점점 가까워졌다.

그리고.

알아볼 수 없는 글자들로 가득한 벽면 뒤에서 멈췄다.

그릉…… 그르릉…….

그 안에서 무언가가 길게 숨을 내쉬고 있다.

우직.

벽에 금이 갔다.

그리고 순식간에 가루로 변해 벽면 전체가 흘러내렸다.

"끄으윽."

공포 그 자체를 보게 된 루산은 이제 소리 내어 울 힘도 없었다.

뒤로 드러난 또 다른 벽이 움직였다.

독특한 형태로 맞붙은 수십 개의 조각들 틈에서 빛이 새어 나온다.

쩌적.

천천히 빛을 내뿜던 틈들이 순식간에 벌어졌다.

그리고 루산은 고통스러운 표정으로 고개를 돌렸다.

루산이 눈을 뜨고 아버지를 바라보았다.

무척이나 긴장한 표정으로 정면을 응시하는 아버지.

루산은 저도 모르게 그의 시선을 따라 정면을 바라보았다.

"……."

입조차 열 수 없었다. 비명은 더더욱 튀어나오지 않았다.

코앞에, 손을 뻗으면 닿을 거리에 그것이 있었다.

회색의 비늘이 요동치는 몸.

생전 처음 맡아보는 기묘한 비린내.

석류석을 박아 놓은 것만 같이 빛을 반사하는 눈.

큰 키의 아버지보다 세 배는 더 커 보이는 머리통.

그것은 도마뱀이었다.

적어도 루산의 지식 내에서 그 외에 이 괴물을 표현할 생물체는 없었다.

―페르쏜……

도마뱀 괴물이 아버지의 이름을 불렀다. 하지만 그것은 입을 통해 나오는 말이 아니었다.

아버지의, 또 루산의 정신 속으로 들어온 괴물의 의지.

"아, 오랜만이야. 싸크비스."

아버지는 저 괴물을 잘 아는 듯하다.

"인사해. 내 아들 르싼. 5년 만이지?"

―그렇군……. 내겐 너희의 하루보다 짧은 시간이었지.

대체 무슨 말을 하는 걸까.

"약속한 그대로 함께 왔다. 이것 봐, 이 눈을 보라고. 이 대로만 잘 자라 준다면 결코 '폭주' 따위는 없을 거야. 안 그런가?"

아버지는 호들갑스럽게 말하며 루산을 싸크비스라 불린 괴물 앞으로 밀었다.

"흑!"

루산은 싸크비스의 눈이 자신의 코앞에 다가오자 비명을

삼켰다.

크릉.

싸크비스의 숨이 거칠어졌다.

하지만 그 붉은 눈은 더욱 가라앉으며 루산을 살핀다.

—훌륭해…… 흔적이 다 사라졌군.

"그렇지? 하하, 하하하하."

도무지 영문을 알 수 없는 이 상황.

어린 루산은 그저 어서 빨리 여기를 벗어나고만 싶어졌다.

—하지만 말이야.

"어, 응?"

—운명의 모래시계는 이미 뒤집힌 지 오래되었어. 다섯이 비슷한 시기에 태어났다는 것 자체가 그것을 증명하지. 하나라도 사라져야 다시 균형을 찾을 수 있고.

"야, 약속이 다르잖나."

—내가 어떻게 해야 할까?

"그럼 내가 나머지를 다 죽이겠어. 그럼 그 더러운 예언은 제자리로 돌아갈 거야. 내게 기회를 줘! 싸크비스!"

—그건 너희 인간의 일이 아니다. 오로지 신성한 존재로부터, 사명을 부여받은 우리의 것.

"제발! 내 아들을, 르싼을 해치지 말아 줘! 응?"

아버지가 비굴한 자세로 싸크비스의 앞에 엎드려 자비를 구했다.

"만약, 만약에 뭔가 잘못된다면 내가 죽이겠어. 내 아들을 내 손으로 없애겠다고. 그러니까 지금은 지켜봐 줘. 흐흑, 크으윽."

루산은 어린 마음이지만, 둘의 대화를 통해 대강이나마 상황을 파악했다.

싸크비스라는 거대 도마뱀은 자신을 죽이려 하고 아버지는 어떻게든 자신을 살리고자 한다.

─네가 그럴 수 있을까?

"가능해. 이 땅을 지켜 온 다섯 골렘을 지휘하는 나라면 이 아이가 어떻게 변한다 해도 막아 낼 수 있어."

─크크, 크크크크크.

싸크비스가 차갑게 웃었다. 아니, 루산은 그렇게 느꼈다.

─나, 싸크비스는 모든 것에 앞서 이 땅을 지킨다……. 예언이 가리킨 시기에 벌어질 일들은 나의 소관 밖. 그전에 바무스 파낙툴에 해가 될 존재를 두고 볼 수만은 없다.

"흔적이 사라졌다고 하지 않았나! 르싼은 이제 순수함만이 남았어."

─만일의 경우, 다른 외부의 자극에 의해 각성한다면 누가 책임지지? 난 그 가능성을 엿본 거야. 바깥 세상에 '그'

가 있으니까.

싸크비스가 말하는 그는 누구일까.

루산은 그를 말하는 싸크비스에게서 그 대상을 향한 두려움과 함께 분노를 느낀다.

"제발…… 싸크비스…… 아니, 싸크비스 님. 제 아들을 살려 주세요."

아버지가 저렇게 우는 모습을 처음 보는 루산이었다.

크르르르르르

싸크비스가 뒤로 물러났다.

그 숫자조차 셀 수 없을 만큼 무수한 이빨을 갈아 대며.

"안 돼!"

아버지의 비명이 메아리쳤다.

크와아아아!

싸크비스의 거대한 아가리가 루산을 향해 떨어졌다.

팅!

유리잔을 튕기는 소리가 울렸다.

잠시 후, 오열하던 아버지가 자식의 최후를 확인하기 위해 눈을 떴을 때 그는 보았다.

연약한 인간의 모습으로 변해 루산 앞에서 무릎을 꿇고 있는 싸크비스와 그의 머리를 쓰다듬는 루산을.

"어, 어떻게."

루산이 그를 돌아보며 기분 좋은 웃음을 보냈다.

"우리 친구하기로 했어."

"뭐?"

루산의 아버지 페르쏜은 이 황당한 광경에 넋을 잃었다.

"싸크비스…… 님. 대체 무슨."

"그 말 그대로. 아이를 해치는 일은 나라도 쉽지 않더군."

실제로 들리는 싸크비스의 음성은 잔잔한 파도를 연상케 했다.

"하, 하하."

기쁨을 뭐라 표현할 길이 없는지 페르쏜이 경기마저 일으킨다.

"보세요, 르싼."

"응."

"언젠가 당신과 '친구' 들은 큰 역할을 맡아야 합니다."

"뭔지 모르지만 네가 그리 말하니까 열심히 해 볼게."

"그때가 오기 전까지 당신의 마음, 항상 굳게 닫아 두시길."

"알았어."

"절대로 이 땅이 부서지지 않도록 부탁하지요. 만약

에……."

싸크비스의 말을 가로막고 페르쏜이 소리쳤다.

"내가 해결할게!"

싸크비스가 그를 쏘아보자 페르쏜의 입이 쑥 들어간다.

"전 그를 막을 수 없습니다. 오로지 당신의 의지만이 다가올 그날까지 이곳을 지킬 수 있답니다."

"히히."

루산은 새롭게 친구가 된 드래곤의 걱정 가득한 눈동자에 그저 환한 웃음만을 보낼 뿐이었다.

*　　*　　*

'그래…… 하지만 난 그러지 못했어. 미안해 싸크비스. 미안해요…… 아버지.'

감은 눈을 비집고 눈물이 한 방울 흘렀다.

왜 이처럼 서글픈 과거가 떠올랐을까.

빛에 휩싸인 채 싸크비스가 머무르는 공간으로 온 것이 확실한 이 시점에.

순간 머리가 띵하며 온몸에 엄청난 고통이 엄습해 왔다.

지면을 통해 뭔가가 강하게 진동했고, 때때로 뜨거운 열기와 차가운 냉기가 주변 공기를 어지럽히는 것을 느낀다.

루산은 힘겹게 눈을 떴다.

'응? 뭐지.'

흐릿한 가운데 누군가 자신을 흔들고 있다. 뭐라고 크게 소리치는 것 같긴 한데 하나도 들리지 않았다.

'아, 링이구나.'

늘 뒤통수를 간질간질하게 만들던 불안함의 원인, 자오링.

그녀가 왜 자신을 잡고 격하게 흔들고 있을까. 귀가 멍멍한 이유는 뭐고.

"······사아아안!"

이제야 서서히 그녀의 음성이 들렸다.

"루산! 루사아안! 루산! 정신 좀 차리라고오!"

입술이 잘 떨어지지 않았다. 뭐라고 말은 해야겠는데.

콰아아아아아!

순간 극심한 냉기가 둘을 향해 쏟아졌다.

펑!

그것은 이들의 바로 앞에서 뭔가에 가로막혀 사방으로 흩어진다.

냉기 폭풍이 흩어진 자리에 푸른 방패가 잠시 빛을 발하다가 사라졌다.

'이건 키릭의 방패?'

펄럭!

쉬이익!

날개가 움직이는 것 같은 소리와 함께 강한 바람의 압력이 어딘가로 향했다.

투둥!

형체 없는 바람이 뭔가에 부딪혀 작은 얼음 조각으로 변했다가 증발된다.

그 자리에 키릭이 있었다.

세이비어를 세로로 들고 땅에 꽂은 채, 이를 악물고 있는.

그의 뒤로 리디아가 눈을 감고 축언을 중얼거렸고, 데일은 바닥에 앉아 어떤 문양을 그리려고 애쓴다.

"뭐…… 뭐야 너흰."

상황 파악이 덜된 루산.

그의 입이 열리자 자오링의 표정도 한결 나아진다.

스으으읍!

공기가 어딘가로 강하게 쏠렸다.

"아, 워 차오!"

또 저놈의 시엔 말. 지저분한 욕설이 틀림없다.

자오링이 루산의 뒷덜미를 잡고 순식간에 공간을 벗어났다.

둘이 사라지자마자 그 자리를 박살 내 버리는 무시무시한 얼음 폭풍.

대체 지금 무슨 일이 일어나고 있는 것인가.

철컹, 철컹.

천장 근처 반쯤 무너진 기둥 위에 올라선 루산과 자오링.

쇠끼리 서로 부딪치는 소리에 루산이 고개를 돌렸다.

그제야 루산은 눈앞의 광경에 엄청난 충격을 받는다.

예전 아버지와 함께 들어왔던 그 공간은 확실했다.

다만 여기저기 무너지고 갈라진 흔적이 상당했을 뿐.

그 중심에 회색의 드래곤 싸크비스가 있었다.

거대한 몸집은 여전했고, 자신이 신기해하곤 했던, 날개와 같은 앞다리의 피막도 그대로였다.

하지만.

그는 정상이 아니었다.

형편없이 말라 있었고, 아름답던 회색의 비늘들도 색이 변했거나 여기저기 떨어져 나간 채 흉측한 상처가 가득하다.

아마도 꽤 오래 전 입었을 것으로 추측되는 그 상처들은 지금까지도 전혀 재생이 되지 않은 상태였다.

천하의 드래곤이.

이빨들 상당수도 빠져 예전의 위용이 사라지고 없었고, 석류석 같던 눈은 오른쪽 눈알이 빠져 동굴을 연상케 한다.

입 근처에서 시작된 상처가 머리끝까지 길게 벌어져 너무나도 흉하게 변해 버린 싸크비스.

그가 왜 저런 모습으로 자신들을 공격하지?

순간 루산은 또 다른 어색함을 그에게서 발견했다.

여덟 방향으로 이어진 쇠사슬. 그것들이 모인 중심에 싸크비스의 가슴 위, 목이 시작되는 부분이 있었다.

즉, 사슬들은 싸크비스의 '드래곤 하트'를 관통한 상태.

그것이 그의 움직임을 제한하고 또 저런 모습으로 있게끔 한 원흉일 터.

"이게 무슨 일이야, 링."

창백하게 질린 루산이 어느새 정상적으로 돌아온 음성으로 말했다.

"너…… 기억 안 나?"

루산은 대답할 수 없었다.

또 싸크비스가 키릭을 향해 블래스트를 뿜어내는 광경에 질려 버렸기 때문.

힘겹게 그것을 방어해 내는 키릭의 전신에 서리가 내려 있다.

"기억 안 나냐고!"

"모르겠어."

"이, 미친! 저 괴물 놈이 너 한 방 먹여서 정신이 나갔냐?"

"한 방…… 먹였다고?"

일시적인 기억 상실.

외부적으로 감당하기 힘든 충격에 짧은 순간 기억이 돌아오지 않는 현상이었다.

크르르르르.

싸크비스가 루산을 향해 머리를 틀었다.

그의 입가에서 안개처럼 기어 나오는 냉기가 너무나도 소름끼친다.

루산이 입을 꽉 다물고 싸크비스의 눈과 마주쳤다.

일순 정적이 흘렀다.

남아 있는 왼눈에서 작은 빛이 반짝인다.

"싸크비스."

철컹!

회색의 드래곤이 몸을 뒤척거리자 쇠사슬이 요동치며 시끄러운 소리를 낸다.

"이게 당신이 말하던 시련인가?"

루산이 강하게 주먹을 쥐었다.

잠시 잊었던 조금 전의 기억들이 서서히 돌아오고 있다.

"인간들이 사라졌으니 이제 당신이 나의 죄를 물을 차례라는 뜻?"

수으으으읍!

싸크비스가 크게 숨을 들이쉬었다.

"히익!"

자오링이 루산의 소맷자락을 움켜쥐며 두려움에 떤다.

"좋아, 해 보자고. 간만에 만난 환영 인사 너무나도 고마워."

루산이 이를 드러내며 웃었다.

쿠오오오오오!

싸크비스의 블래스트가 공기를 얼려 버리며 루산을 향해 쏘아졌다.

외전
루산, 멸망의 단어를 외치다

RAJA RIN

땅을 두껍게 덮은 하얀 눈만이 끝없이 펼쳐진 곳.

트라폴리아 대륙의 인간들은 이곳을 얼음의 대지라 불렀다.

수백, 수천 년간 정상적인 인간의 발걸음을 거부해 왔던 동토의 땅.

그리고.

녹터널 헌터들과 늪의 요정들, 수많은 괴수들과 배신의 굴레를 쓴 족속들이 몰려 있는 저주의 공간.

대제국 로슈르의 이백만 대군이 수백 년이 넘도록 공략을 시도했으나 결코 점령할 수 없었던 괴물들의 나라.

아득한 과거, 제르 호바의 진군이 처음 시작된 곳이었으며, 또 최후의 모습이 목격된 전설이 남아 있는 이 땅은 영원히 그대로일 것만 같은 차가움만을 간직한다.

그런 이곳에 누군가가 있었다. 하얀 종이 위에 찍어 놓은 작은 점과 같이.

"기분이 별로야……."

들어 줄 사람도 없건만 입 밖으로 말을 꺼내는 사람이 있었다.

검은, 그리고 두꺼운 털가죽 방한복 아래에 전투복을 입고 입김을 뿜으며 한곳을 응시하는 젊은 남자.

그는 왼쪽 눈이 뭉개지고 없어 언뜻 보면 건달 같은 외모였지만, 자세히 보면 꽤 수려한 남자다.

하지만 그 생김새는 트라폴리아 대륙인들과 확실히 달랐다.

바다 건너 멀리 있는 또 다른 대륙 이라코스타 인의 모습과 흡사한.

"사령관. 당신은 어째서 이런 말도 안 되는 시험을 내렸습니까. 하필이면 얼음의 대지라니요."

자신의 역할 때문에 참견하지는 않았지만, 그는 확실히 지금의 상황에 대해 불만이 가득했다.

아이들의 성장을 전적으로 코치들에게 위임한 이는 자신의 주인, 퍼펙트 그레이.

따라서 이런 부분에 대해서 다른 마음을 품을 수는 없었다.

외눈의 사내, 나이트는 그저 이번 시험이 아무런 불상사 없이 지나가기만을 바랄 뿐이었다.

사령관의 시험을 받은 소년이 빽빽한 침엽수림 안으로 들어간 지도 꽤 되었다.

자신이 지켜보고 있음을 모르는 그를 기다리며, 허리에 걸어 둔 검은색 검을 꽉 잡아 본다.

펑!

"……."

숲 한쪽에서 폭음이 일었다.

"젠장."

사전에 보고받은 바로는 이 지역에 송곳 전사들의 주둔지는 없었다.

또한, 녹터널 헌터들은 낮 동안에는 움직이지 못하고, 저 숲에는 늪도 존재하지 않는다.

그렇다면 뭐지? 말로만 들었던 얼음 괴수들인가.

아무튼 호기심 많은 소년이 뭔가 사고를 친 것이 틀림없으리라.

쿵! 쿵!

거대한 눈기둥이 열을 지어 솟아올랐다.

그것을 본 나이트의 얼굴이 빠르게 굳었다.

만약 송곳 전사나 어둠의 자식들이 제국군들을 위해 준비한 함정이라 쳐도 저런 방식은 아닐 것이기 때문이었다.

처음 폭음이 들렸던 장소에서 검은 무언가가 아지랑이처럼 올라오는 광경이 펼쳐졌다.

그리고 그 아지랑이는 점점 넓게 퍼져 숲을 덮어 간다.

"보통 사태가 아니군."

숲에서 끊임없이 무언가가 터지고 깨지는 소리가 들렸다.

분명 소년이 탈출을 감행하며 미지의 적과 싸우는 것일 터.

마른침을 꿀꺽 삼키던 나이트의 눈에 미친 듯이 달려 숲에서 빠져나오는 사내아이가 보였다.

소년이 쓴 녹색 사냥꾼 모자는 일부가 불에 탄 상태였고, 입고 있는 털가죽 상하의도 곳곳에 긁히고 찢어진 자국들이 선명했다.

소년의 실력을 잘 아는 나이트는 그 장면을 보자 지금 상황이 생각보다 더더욱 심각한 것임을 직감했다.

나이트는 자신의 흑검에 조용히 손을 올렸다.

"아! 짜증나! 이게 뭐야!"

소년, 루산은 치밀어 오르는 울화통을 이기지 못하고 빽 소리를 질렀다.

포트 노틀의 사령관과 한 약속에 따라 여기까지 온 것은 좋았다.

목표를 발견하고 만족스러운 웃음을 지었을 때도.

하지만 자신의 화살은 보기 좋게 빗나갔고 목표는 더 깊은 숲으로 자신을 이끌었다.

그렇게 발견한 기괴한 모양의 제단.

제물이 있어야 할 탁자에는 그저 눈만이 쌓여 있고, 주변에 원형으로 바위 덩어리들을 배치해 그 위에 짐승과 인간의 머리뼈를 장식품처럼 주렁주렁 달아 놓았다.

그 가운데에 비교적 정밀하게 조각한 인간 형상의 돌기둥이 있었다.

목 부분에 귀해 보이는 목걸이를 걸어 놓은 기둥은, 루산을 환영하듯 팔을 넓게 펼친 모양이었다.

심통이 난 그는 제단에 올라 빤히 자신을 바라보는 짐승에게 냉기를 먹인 화살을 날렸다.

그러나 놈은 또 피했다.

화살은 정확히 제단 뒤편의 인간형 기둥에 걸린 목걸이를 관통했고.

그때였다.

루산은 어디선가 들리는 누군가의 차가운 웃음소리에 소름이 돋았다.

동시에 주변의 눈 속에서 뭔가가 꿈틀거렸다.

그리고 눈을 뚫고 올라온 것들은…… 괴물들이었다.

신체적으로는 분명 인간과 같았으나 느낌으로 알 수 있었다.

─나의 잠을 깨운 이가 당신이었습니까.

인간 모양의 기둥이 갈라지며 음습하고 칙칙한 음성이 들렸다.

다른 판단을 할 필요도 없었다. 그저 이곳을 벗어나야 한다는 생각뿐.

─하하, 하하하, 하하하하하!

괴물들의 숫자는 점점 불어났고, 정신없이 놈들에게 화살을 날리며 결국 빛이 보이는 숲 밖으로 뛰쳐나왔다.

쉬이익! 텅!

크로스 보우에서 쏘아진 화살에 괴물 하나가 관통되어 주욱 나가떨어졌다.

그러나 놈은 곧 일어나 다시 루산을 추격했다.

"헐! 미친!"

계속 이런 식이었다.

그는 어릴 적, 자신의 아버지가 가르쳐 준 주문을 읊으며 화살을 날릴 때에만 놈들이 큰 타격을 입는 것을 알았지만, 그것도 한계가 있었다. 괴물들의 수가 너무도 많았기 때문이었다.

"귀신이라면 햇빛을 받았으니 좀 사라지라고!"

"크릉!"

사자의 울음소리를 내며 한 놈이 루산을 덮쳤다.

푸욱!

놈의 턱 아래에 화살을 잡아 꽂은 뒤 발로 걷어차 그 반동을 이용해 멀찍이 떨어지는 루산.

하지만 놈들도 빠르기는 마찬가지였다.

"으헉!"

루산은 결국 눈에 미끄러져 몇 바퀴를 구르며 몸의 균형을 잃었다.

그야말로 절체절명의 위기였다.

괴물들이 그를 향해 떨어져 내려온다.

입술 없는 기괴한 얼굴. 날카로운 치아에 걸린 걸쭉한 침 한 방울이 루산의 눈동자에 맺혔다.

퍼석!

"어?"

동시에 두 놈의 머리통이 박살 나 흩어졌다.

루산은 의외의 상황에 잠시 당황했으나 곧 자신에게 등을 보인 채 괴물들을 막아선 이의 존재를 깨달았다.

"뭐, 뭐야 당신은."

"긴말 필요 없다. 무조건 뛰어."

"그러니까 뭐냐고."

그르릉.

괴물들은 본능적으로 사내의 힘을 알아차렸다.

공격을 멈추고 으르렁거리며 위협을 계속할 뿐.

"너 아직 어리지?"

나이트가 알면서도 루산에게 물었다.

"세상 더 살고 싶으면 내 말 들어. 뒤는 막아 줄 테니까."

루산은 더 이상 말하지 않고 코를 킁킁거리며 나이트의 냄새를 맡았다.

"어떤 은인인지는 모르겠지만 부탁 좀 하죠."

쾌활하게 말하며 벌떡 일어나는 루산.

그도 또한 이 검은 복장의 사내에게 막강한 힘이 있음을 알았다. 충분히 자신의 활로를 지켜 줄 정도로.

"나중에 봐요. 빚지고 사는 건 싫으니까."

피식.

맑게 울리는 루산의 음성을 듣던 나이트가 웃음을 흘린다.

루산이 서둘러 달려 나가자 괴물들이 몸을 움직였다.

"어딜!"

쿠콰콰콰콰!

갑자기 나이트의 뒤에서 거대한 눈의 장막이 솟구쳤다.

이것은 분명히 마력을 사용한 기술이었다. 괴물들을 두려움에 떨게 할 정도로.

한참 동안 날리며 마치 병풍처럼 적들을 막아선 하얀 방패.

그것이 서서히 걷히고 난 뒤, 루산의 모습은 어느 곳에도 없었다.

"크엉!"

괴물들이 분노했다. 그리고 분노는 나이트라는 강자에 대한 두려움을 사라지게 했다.

찌잉—

나이트의 왼손에 끼인 반지에서 빛과 함께 오묘한 음색이 일었다.

이미 오른손으로 뽑아 든 흑색 검에서도 벌겋게 불길이 솟는다.

"덤벼."

오십이 넘는 괴물들과 한 인간의 전투가 시작되었다.

　　　　　＊　　　＊　　　＊

　나이트가 속한 조직에서는 최상위 다섯 강자를 피스라고
부른다.

　퀸, 나이트, 비숍, 룩, 폰.

　나이트는 퀸과 같은 마검사였다.

　마력은 퀸에 비해 떨어지나 검술은 그보다 월등했고, 검
술은 비숍보다 부족했으나 마력은 차고도 넘쳤다.

　암살과 원거리 전문가인 폰. 그리고 조직 최강의 마법사
룩.

　각각 맞붙는다면 일단 우열을 가리기 힘들지도 모른다.
하지만 나이트는 숨겨 둔 능력이 있었다.

　저 멀리, 바다 건너 이라코스타 대륙에서도 특별한 이들
에게만 허락된다는 외공과 내공.

　나이트는 그것을 익혔다.

　그가 모든 능력을 개방한다면 나머지 피스들 전체와 싸
워도 쉽게 밀리지 않는다.

　따라서 이 싸움은 절대 질 수 없는 성질의 것이었다.

　정체불명의 괴물들이 피스들보다 뛰어나다는 것은 술로
곡식을 만든다는 말과 다를 바가 없기 때문.

　그의 예상대로 적들은 마지막 놈의 목이 완전히 뒤로 꺾인

채 무너지는 것을 끝으로 모조리 죽었다.

나이트는 손을 툴툴 털며 슬슬 자리를 떠나고자 했다.

이 더럽고 징그러운 대지에 오래 있어 봐야 귀찮은 일들만 생길 것이기 때문이었다.

조금 전 숲에서 터진 굉음은 상당히 먼 거리까지 들렸을 것이다.

제국군과 대치하고 있는 송곳 전사들이나 그들을 지배하는 미지의 존재들이 충분히 알아차릴 정도로.

이 짜증나는 사태에 대해 나이트는 그저 포트 노틀의 사령관을 원망하며 한숨만 쉴 뿐이다.

잠시 후, 갑자기 불어오는 눈보라에 얼굴을 찡그리며 나이트가 한 걸음을 옮겼다.

그 순간.

뒤통수가 절반으로 갈라지는 듯한 쭈뼛거림이 일어났다.

쉬이이이잉—

강한 바람이 눈들을 날리다 곧 사라졌다.

"……."

비스듬하게 선 나이트는 천천히 고개를 돌려 숲이 시작되는 곳을 응시했다.

검다.

자신이 입은 흑색 방한복과는 비교가 안 될 정도로 깊은 어둠을 머금은 로브.

마치 검은 유령 같은 존재가 그곳에 자리했다.

"이놈들의 두목?"

로브를 입고 후드를 눌러쓴 자는 말이 없다.

"여기서 멈춘다면 나도 그냥 가지."

어둠만이 감돌던 후드 안쪽에서 뭔가가 일그러졌다.

웃고 있는 걸까.

나이트는 그의 태도에 불안감을 느꼈지만, 적이 인간의 모습을 한 이상 충분히 상대할 수 있으리라 여겼다.

그런데 분위기가 이상했다.

그의 뒤편에 위치한 숲을 덮었던 검은 기류가 사라져 갔다.

정확하게 표현하자면 안개처럼 흩어졌던 아지랑이가 로브의 주인에게 빨려 들어간다고 할까.

"마법사로군. 아마도…… 흑마법."

나이트는 내공을 불러일으켰다. 맨 주먹으로 바위를 부수게 하는 힘의 원천인 내공을.

"아쿠디 이지무스……."

"뭐라고?"

각 지역의 모든 언어를 배운 나이트였다.

하지만 지금 이 말은 처음 듣는 단어들.

"비헤논…… 아, 미안. 너희의 언어로 말해야 알아듣겠지?"

오싹한 무언가가 나이트의 전신을 쓸고 지나갔다.

순식간에 언어의 장벽을 넘어서 버린 적. 대체 그 정체가 무엇일까.

"정식으로 소개하지. 내 이름은."

꿀꺽.

"용암의 롱 버트. 지금은 존재하지 않는 많은 이들이 날 그렇게 불렀다네."

쿠쿵!

나이트는 끓어오르던 내공이 순식간에 잠잠해지는 것을 느꼈다.

자신을 롱 버트라 소개한 마법사.

왜 그 말을 듣자마자 나이트의 투지가 순식간에 사라진 것일까.

혹시라도 나이트가 겁을 먹기 바라고 거짓말을 한 것은 아닐까.

그러나 감히 이 땅, 남부 얼음의 대지에서 전설의 마왕 롱 버트를 사칭할 간 큰 마법사는 없다.

"……제렌 디스."

"맞아. 그 또한 나의, 우리의 자랑스러운 명칭이지. 신성한 분을 보좌할 자격을 부여받은 자에게만 내려지는."

"그대가 어찌……. 아직 때가 되지 않았건만."

"냉기의 지배자께서 나의 잠을 깨웠어. 넌 그의 수하가 아니었던가?"

나이트는 그에게서 거짓을 볼 수 없었다.

진정 롱 버트가 동면을 깨고 일어섰단 말인가.

분명 가능성이 있다 여기고 조직이 긴 시간 동안 대비해 왔던 상황이건만 막상 자신의 눈앞에서 벌어진 일에 나이트는 온몸의 힘이 빠져나가는 것만 같았다.

"너에게서 옛 친구의 흔적이 보이는군."

"제렌 디스와 친구였던 조상을 둔 적은 없다."

나이트는 용기를 내어 롱 버트에게 외쳤다.

"아냐, 확실해. 넌 날 깨우신 분의 수하가 아니야."

롱 버트가 천천히 팔을 들어 나이트를 가리켰다.

"함께 손을 잡고 꿈을 향해 일어섰던 우리들. 하지만 그 꿈에 칼을 꽂았던 친구. 넌 그 친구와 관계가 있어."

"개소리!"

"크큭, 크큭크큭."

롱 버트가 기이하게 웃기 시작했다.

"재미있군. 그래, 그렇다는 말이지?"

"이익!"

나이트는 무형의 압박에 몸이 밀려나면서도 끝까지 검을 놓지 않았다.

"끄아아아!"

나이트가 고함을 지르며 롱 버트에게 쇄도해 들어갔다.

*　　*　　*

1년 후. 어느 이름 모를 땅.

로슈르 제국과 남부 얼음의 대지 중간쯤 위치한 이 지역은 평야의 비중보다 침엽수림과 늪지대가 더 많기로 유명한 곳이다.

평균적으로 겨울이 길고 봄과 가을은 짧으며 여름은 거의 지나간 것도 느끼지 못할 정도의 기후.

해서 이곳에는 거주민들보다는 자원 채취와 사냥을 목적으로 드나드는 외부인들의 모습만이 간간이 눈에 보일 뿐이었다.

중간중간 군사적 목적으로 세워진 요새의 깃발들만이 이 땅이 제국의 영토임을 알려 준다.

보다 남쪽에서 싸우고 있는 제국군들이 전역하거나 부대 단위로 교대할 때 잠시 머물다 떠나는 요새지만, 만약 남부군 전체가 무너진다면 상당히 강력한 방어선으로 탈바꿈할 저지선이기도 했다.

노틀 요새 근처에도 꽤 넓게 펼쳐진 침엽수림이 존재했다.

끝이 보이지 않을 정도로 높이 자란 나무들은 세월의 무게를 자랑하듯, 두세 사람이 함께 감싸 안아도 서로의 손끝이 닿는 것을 허락지 않는다.

깡! 까앙!

숲 깊은 곳에서 난데없이 쇠를 두들기는 소리가 울려 퍼졌다.

아직 이 숲은 자원 채취 허가를 받지 못한 곳이라 사람의 출입이 현재로선 전면 금지 상태였다.

한데 누가? 사냥을 나온 뜨내기라면 번지수를 잘못 찾았다.

숲을 지배하는 샤벨타이거는 인간을 무척이나 싫어했고, 그들을 결코 용서치 않아왔다.

깡!

마지막 쇳소리가 끝나고 숲은 다시 정적을 되찾았다.

"휴우우."

넓적한 돌 위에 화살촉을 올리고 단단한 쇠망치로 한참을 두들기던 젊은이의 입에서 입김과 함께 한숨이 나왔다.

주섬주섬 펼쳐 놓은 물건들을 챙기는 그의 옷차림은 특이했다.

얇게 두들긴 가죽 안쪽으로 짐승의 털을 꾹꾹 눌러 붙여 따뜻하지만 활동성을 살린 조끼.

같은 방식으로 만들어 날렵함이 돋보이는 가죽 장화와 장갑.

분명 사냥꾼의 복장이지만 흔한 방식으로 재단한 모양새는 아니었다.

추위로부터 몸을 보호함과 동시에 빠른 몸놀림을 위한 기능성을 최대한 살린 독특한 장구들이다.

"끙차."

무거운 롱 보우를 등 뒤로 둘러매고 중간 크기의 화살 하나를 크로스 보우에 장전한 뒤, 허리끈에 거는 이 사내아이의 이름은 루산 보우먼.

자신의 본래 이름을 로슈르 식으로 개명하고 사냥꾼다운 성을 지어 붙였다.

매끈하게 잘빠진 몸과 균형 잡힌 어깨는 언뜻 보면 사냥꾼의 모습과 어울리지 않는다.

다만, 챙 끝을 모아 붙이고 고깔 뒤에 새의 깃털을 꽂아 넣은 사냥꾼 모자만이 루산의 출신을 알려 주었다.

루산은 방금 두들겨 만든 화살촉을 눈앞에 들어 유심히

살펴보았다.

"흠흠, 급한 데로 써먹을 수 있겠군."

혼잣말하기를 좋아하는 성격인 듯, 입 밖으로 말을 뱉어
내는 루산이었다.

"자아, 이놈들. 한 놈만 걸려라, 응? 빈손으로 돌아가면
영감이 화낸단 말이야."

사각, 사각.

루산의 귀가 쫑긋했다.

"에이, 너 말고."

작은 소리를 내며 사라지는 회색 토끼의 엉덩이를 바라
보며 루산이 투덜거렸다.

뽀득.

왼쪽 방향에서 마른 나뭇가지가 부러지는 미세한 소리가
들렸다.

순간 루산의 걸음이 멈추고, 소리가 들린 방향에서도 정
적이 흘렀다.

뽀드득.

이번엔 오른쪽.

루산의 한쪽 눈이 씰룩거렸다. 귀찮거나 짜증이 났을 때
보이는 그만의 버릇이었다.

"너희 나름대로 머리를 굴렸다 이거지? 후우우웁."

숨을 크게 들이마신 루산은 몸을 슬쩍 굽히면서 크로스
보우에 손을 가져갔다.

탓!

서리가 내린 땅을 박차고 루산이 전력질주하기 시작했다.

탁탁 튀는 소리에 맞추어 양쪽에서도 네 발 짐승들의 달
음박질 소리가 들렸다.

침엽수들 사이로 하얀 털에 검은 줄무늬를 가진 큰 야수
가 언뜻언뜻 비쳤다.

거대한 몸집과 마찬가지로 인간의 그것과 비교해 다섯
배나 되는 머리통.

주둥아리 밖으로 길게 튀어나온 두 개의 송곳니.

바로 근방 수백km 내에서 최강을 자랑하는 괴수, 사벨타
이거들이었다.

쉬이익!

바람을 가르는 소리를 듣자마자 루산이 바닥을 굴렀다.

있는 힘을 다해 달렸던 덕분인지 구르면서도 속도가 크
게 떨어지지 않았다.

순간 루산이 굴렀던 자리에 하얀 형체 두 개가 엄청난 빠
르기로 교차해 지나갔다.

"우왓!"

역시 지역 먹이사슬의 최상급에 위치한 놈들다웠다.

넓게 치고 들어와 한 점을 향해 공격하는 방식은 포식자의 본능이 아니었다.

다년간 쌓아 온 협력 체계가 아니라면 절대 불가능한 공격 방식.

사뿐히 땅을 밟았던 하나가 급선회하며 포효했다.

카아아아앙!

팅!

순간, 작은 화살이 그 입을 향해 쏘아졌다.

루산이 몸을 가눔과 동시에 크로스 보우를 겨누고 살을 쏘아 낸 것이다.

슛!

화살은 샤벨타이거의 가죽을 스치듯 지나갔다.

빠른 손놀림으로 살을 장전하는 루산의 뒤로 다른 놈이 나타났다.

"웃차아!"

루산의 얼굴보다 큰 야수의 앞발이 허공을 가르며 지나갔다.

코끝을 간질이는 비린내와 함께 더운 열기가 루산의 뒷덜미에 닿는다.

어느새 놈의 아가리가 루산을 물어 왔고, 목을 당겨 그것을 피하자 모자 위쪽이 놈의 이빨에 걸려 벗겨졌다.

"쳇."

크로스 보우에서 화살이 발사되었다.

무척이나 가까운 거리였지만 화살은 또다시 빗나갔다.

샤벨타이거의 움직임이 빠르기도 했지만, 유선형의 몸은 비스듬하게 닿은 화살을 비껴 낼 정도로 방어에도 최적화된 것이었다.

"허, 참."

오히려 감탄해 버리는 루산의 얼굴에는 두려움 따위는 보이지 않았다.

샤벨타이거가 두 앞발을 번갈아 가며 휘둘렀다. 가볍게, 때로는 아슬아슬하게 칼날 같은 놈의 발톱을 피하며 루산은 계속 뒤로 물러났다.

크릉!

뒤에서 다른 한 놈이 으르렁거렸다. 마치 어서 오라는 듯.

"이크!"

본능적으로 몸을 돌리자 검은 흙덩어리가 좌악 퍼졌다. 바닥을 쓸고 올라온 놈의 공격.

와그작!

가슴을 보호하기 위해 들었던 크로스 보우가 쪼개졌다.

누가 보더라도 최악의 상황이었다.

활을 전문으로 사용하는 사냥꾼은 절대 짐승의 접근을 허용해서는 안 된다.

근접 사냥은 여러 사람들이 치밀한 계획과 협력, 함정 등을 이용할 때 가능한 것이지, 지금처럼 홀로된 상태에서는 죽음의 선고에 다름이 없다.

"한 놈만! 한 놈만 오라니까!"

눈앞에 교수대의 밧줄이 보인다고 해도 저 입을 누가 멈추랴.

콰악!

루산이 피했던 나무에 샤벨타이거가 강하게 부딪쳤다.

귀를 먹먹하게 할 정도로 강한 진동이 일어났지만 일단은 살았으니 다시 다음 나무를 향해 몸을 피해야 할 때다.

숲은 놈들에게 최상의 보금자리와 사냥터를 제공해 주었지만, 루산에게도 적절한 방어 수단을 주었다. 큰 몸집을 가진 두 괴물들은 몇 아름이나 되는 나무들 때문에 초기의 지혜로운 공격과 협동을 전혀 하지 못했다.

"그럼 그렇지. 고양이들 주제에!"

캬아아아!

"엥? 알아들었나?"

조금 전, 벌판에서 위기를 맞았을 때 주머니에 보관해 오던 석회가루를 놈들에게 뿌려 간신히 숲까지 도망쳐 올 수 있었다.

놈들은 영물답게 공간을 가득 채우고 흩날리는 가루가 위험 요소임을 즉각적으로 알아차렸고 급히 자리를 피했다. 그 짧은 순간이 루산의 생명을 연장시킨 것이었다.

뛰고, 숨고, 또 뛰고, 숨고.

루산이 갑자기 나무를 타고 빠르게 오르기 시작했다.

그 뒤를 빠짝 추격하던 두 마리 야수는 황당한 듯 그 모습을 바라보았다.

샤벨타이거가 나무를 잘 탄다는 사실을 모르는 사냥꾼은 없다. 지금 루산의 행동은 삶이 귀찮은 이들이나 보일 법한 행동이었다.

"웃어?"

위에서 바라본 놈들의 주둥이는 꼭 웃는 것처럼 보였다.

콱, 콰악.

한 놈이 먼저 나무를 찍으며 루산을 노리고 올라왔다. 낮게 으르렁대는 것이 놈들 역시 요리조리 잘도 도망 다니던 루산에게 짜증이 난 것이 확실했다.

앞서 올라오기 시작한 샤벨타이거의 흉물스러운 눈동자에 루산의 얼굴이 선명하게 비친다.

그간 떠들어 댈 때와는 다르게 무척이나 진지한 표정.

한 발, 한 발 올라오는 짐승을 바라보던 루산이 한 손으로 허리띠를 풀었다.

"하나, 두울……."

눈앞에 거대한 괴물이 침을 흘리는 것을 보고도 루산은 차분히 숫자를 세었다.

"셋!"

탓!

부우웅—

느닷없이 뛰어내린 루산을 잡기위해 위쪽의 샤벨타이거가 앞발을 휘둘렀다.

루산은 야수의 발톱이 스치고 지나간 뺨이 따끔거리는 것을 느꼈지만, 눈 한 번 깜박이지 않은 채 아래쪽 샤벨타이거만을 바라보았다.

놈의 벌어진 입과 충혈 된 눈알이 빠르게 다가왔다.

크어엉!

콰악!

엄청난 속도로 떨어져 내린 루산과 놈이 부딪쳤다. 충격에 의해 공중에 붕 떠 버린 야수와 인간.

허공에서 루산이 조금 전 풀었던 검은 허리띠를 펼쳐 놈의 눈을 가리며 유연한 등짝에 바짝 달라붙는다.

쿵!

아찔한 충격에 루산은 달아나려는 정신을 꽉 붙잡았다.

땅과 루산 사이에 낀 샤벨타이거는 잠시 신음을 흘리다 곧 괴성을 지르며 일어났다.

"야! 벌써 일어나면 어째."

말은 이렇게 하지만 루산의 손은 어느새 놈의 눈을 가린 허리끈을 힘껏 조여 놓았다.

그리고 장화에 꽂아 두었던 단도를 들어 놈의 엉덩이 부근에 푹 쑤신다.

샤벨타이거는 고통스럽게 울부짖으며 무작정 달리기 시작했다.

등에 올라탄 루산을 떨쳐 내고자 이리저리 날뛰는 샤벨타이거의 털을 잡은 그는 두 다리로 놈을 조여 몸의 균형을 잡는다.

또 다른 단도를 꺼내 다시 놈의 엉덩이를 찌르자 사벨타이거는 펄쩍펄쩍 뛰는 것을 멈추고 무작정 앞을 향해 내달렸다.

인간과 짐승은 빠르게 숲을 벗어났다.

지금부터는 얇게 서리가 내린 끝없는 평원.

몇 번 놈의 귀를 잡아당겨 방향을 잡고 한 번씩 꽂아 넣었던 단도를 건드려 야수의 정신을 쏙 빼놓는다.

다른 샤벨타이거가 우렁찬 포효와 함께 루산을 추격했다.

　　　　　　　*　　*　　*

　　루산은 요동치는 짐승의 박자에 완전히 적응했다.

　　달리는 중에도 끊임없이 떠들어 대던 그가 입을 다물었
다.

　　살짝 뒤를 돌아보자 원한에 찬 야수의 아가리가 보인다.

　　루산은 표정 없는 얼굴로 롱 보우를 끌어 당겼다.

　　"헐, 많이도 상했군."

　　몇 번 구르고 부딪히는 통에 팽팽하게 당겨 둔 시위가 느
슨해졌고, 단단한 살대 끝이 갈라져 있는 것을 본 루산이
아쉬워했다.

　　"한 번 정도는 쓸 수 있겠어. 쯧."

　　루산이 손을 뒤로 가져가 화살을 찾았다.

　　"엥? 다 어디 갔어!"

　　가득했던 화살들도 난리 중에 분실되고 단 한 개만이 남
았다. 운 좋게도.

　　그리고 그 화살은 처음 루산이 다듬었던 그것.

　　"뭐, 내가 하는 일에 행운 따위가 어디 있겠어. 당연하
다고나 할까."

　　크엉!

　　눈이 가려진 채 고통스러워하는 샤벨타이거의 분노 가득

한 울부짖음. 마치 오만한 루산의 말을 부정하는 것처럼 느껴진다.

루산이 화살을 걸어 주욱 당겼다. 뚜두둑 소리를 내며 힘껏 꺾이는 롱 보우가 위태했지만 탄성 한계치까지 확실하게 휘어진다.

루산이 뭔가를 나직하게 중얼거리기 시작했다.

그리고 그의 시선은 정확하게 뒤따라오는 샤벨타이거의 안면을 향해 있었다.

입술을 달싹거리며 내뱉는 루산의 말은 로슈르의 부드러운 그것도, 투박하고 거친 북부의 그것과도, 남부의 갈라지는 언어도 아닌 전혀 다른 곳의 말이었다.

정확히 말하자면 트라폴리아 대륙에서는 사용하지 않는 다른 대륙의 말.

순간 화살촉에서 냉기가 흘러나왔다.

일곱 개의 뿔이 달린 용머리 형상으로 다듬은 화살촉. 앞쪽에 작게 뚫린 세 개의 구멍은 마치 드래곤의 냉엄한 눈을 연상케 했다.

"프리카……."

오도독.

화살촉이 얼어붙는 소리가 바람과 함께 퍼졌다.

"다스."

팅!

강렬한 냉기와 함께 용의 형상을 한 화살이 쏘아졌다.

동시에 루산의 롱 보우가 갈라지며 다시는 사용할 수 없을 정도로 파괴되었다.

퓨우우웅─

화살이 가르고 지나가는 자리에 눈이 내리듯 하얀 결정들이 우수수 떨어진다.

파아앗!

놀라운 일이 벌어졌다.

샤벨타이거를 향해 날아간 화살은 야수의 코앞에서 갑자기 수십 가닥으로 분해되어 그 몸을 휘감았다.

켕!

뽀드드드득.

사슴처럼 놈의 몸을 휘감은 냉기가 삽시간에 얼어 버렸다. 그리고 줄처럼 이어진 틈으로 얼음결정이 파고들며 샤벨타이거를 냉동시켜 버린다.

점점 멀어지는 얼음덩어리를 바라보는 루산의 얼굴에 그제야 아까와 같은 장난기가 어렸다.

"흠, 급조한 것 치고는 효과가 좋은데? 야, 넌 어찌 생각하냐?"

동료가 당한 변을 아는지 모르는지 루산이 올라탄 놈은

그저 깽깽거리며 달려갈 뿐이었다.

평원을 크게 돌아서 이른 곳은 노틀 요새였다.

제국의 깃발이 휘날리는 성벽 위에 검은 정복을 입은 흰 수염의 장군이 서 있었다.

지칠대로 지친 샤벨타이거가 비틀거리며 요새 근처에 이르자 루산이 장군을 향해 소리쳤다.

"이봐요, 영감니임!"

장군 뒤편에 섰던 보좌관의 인상이 구겨졌지만, 장군은 무례한 루산의 외침에도 개의치 않는 듯 말없이 바라보기만 했다.

"원하신 그대로 한 놈 잡아 왔어요. 살려서 데려왔으니 잡아먹든, 가죽을 벗기든 알아서 하쇼!"

터덜터덜 성벽 주변을 걸으며 루산이 또 소리쳤다.

"언제 봐도 짜증나는 녀석입니다."

보좌관이 한숨을 쉬며 말했다.

"그게 매력이잖나."

수염을 매만지며 장군이 웃는다.

"문 열어 줘."

"옛."

노틀 요새의 굳건한 철문이 끼긱 소리를 내며 열렸다.

수십 명의 병정들이 창을 세워 샤벨타이거와 루산을 포위했다.

그런 그들에게 이를 드러내며 장난을 치던 루산은 장군과 보좌관이 다가오자 헥헥거리는 야수에서 내려 다가갔다.

풀썩.

샤벨타이거는 바로 쓰러진 뒤 거친 숨을 몰아쉬었고 병정들이 루산을 외면하고 괴수를 향해 경계를 늦추지 않는다.

"봤죠? 약속은 지킨다니까요."

"그러게 말이다. 하루 만에 해낼 줄은 몰랐다."

장군이 눈짓을 하자 보좌관은 병정들을 비집고 샤벨타이거의 상태를 살피러 들어갔다.

"영감과 한 99가지 약속, 이걸로 끝이네요."

"정확히 2년 걸렸구나."

"그럼 이제 떠나도 된다는 말씀?"

루산의 얼굴에 살짝 희열감이 엿보인다.

"약속은 약속이니까. 제국의 군인은 두말하는 법이 없지."

장군이 품에서 금화가 가득 든 주머니를 꺼내어 장난치듯 툭툭거렸다.

꿀꺽 침을 삼키며 주머니를 바라보는 루산.

"아우, 정말 지긋지긋한 2년이었어요. 안 그래요?"

"나도 그랬다."

"그럼 빨리 놔주시지……."

"너 말고도 약속을 한 분이 계셔서."

고개를 갸우뚱하던 루산이 그의 손에서 주머니를 받아들어 안을 살피며 환한 표정을 지었다. 지금 장군이 한 말을 그냥 흘려들으며.

"덤으로 롱 보우 하나, 크로스 보우 하나, 화살 가득. 주실 수 있죠?"

"원하는 만큼 가져가."

루산이 만족스럽게 킥킥대며 금화를 세는 모습을 지켜보던 장군도 왠지 즐거운 눈치였다.

"당장 준비해서 떠날래요."

"어딜 갈 건데."

"좀 따뜻한 곳으로요. 음…… 일단은 이 나라의 수도 구경?"

루산이 몸을 돌려 요새 안쪽으로 걸어간다.

"이봐."

"아, 왜요."

"혹시 공부에 관심이 있나?"

"싫은데요."

"그럴 줄 알았다."

루산은 뒤도 돌아보지 않고 손을 들어 흔들어 줄 뿐.

"이봐."

"아! 진짜! 헤어질 때 말 많이 하는 거 아니거든요? 정 든다고."

"일단 이거나 챙겨. 심심하면 열어 봐도 좋고. 혹시 생각이 바뀌거든 알아서 찾아가도 좋다."

두껍게 봉인한 종이 뭉치를 던지는 사령관, 얀 하스.

루산은 일단 그것을 받아 들고 투덜거리며 품에 넣는다.

얀 하스가 회심의 미소를 지었다.

'자린을...... 위하여.'

그는 멀어져 가는 루산의 뒷모습을 보며 전능한 이름을 떠올렸다.

*   *   *

정확히 3일 째부터였다.

2년 동안 정 들었던—본인은 극구 부인하겠지만— 요새를 떠나 제국군이 관할하는 지역을 빠져나온 순간이었다.

그동안 잊고 있었던 그들이 나타났다.

얼음 대지에서 보았던 괴물들.

그때 이름도 알려 주지 않았던 누군가가 자신을 피신하도록 시간을 벌어 주었지. 그는 살았을까?

생각을 길게 이어 갈 수 없었다.

놈들은 먼저 보이지 않는 곳에서 다짜고짜 공격을 개시했다.

루산은 1년 전의 그가 아니었다.

그때의 충격을 발판삼아 수련에 박차를 가했고, 본신의 능력은 놀라울 정도로 발전했다.

핑!

화살 하나가 막 땅에서 솟아오르는 놈의 콧잔등을 뚫고 들어갔다.

와그작 소리를 내며 얼음처럼 깨어져 버리는 괴물의 머리통.

이 정도는 주문을 읊을 필요도 없었다.

펑!

딛고 섰던 땅이 갈라지며 검은 손들이 루산을 잡아채려 했다.

뒤쪽으로 펄쩍 뛰어 안전하게 착지한 루산은 곧바로 크로스 보우에 살을 걸어 당겼다.

팅! 팅!

익숙한, 그리고 무척 빠른 속도로 쏘고 또 재는 루산의
솜씨는 능숙한 사냥꾼들이 보더라도 혀를 내두를 정도다.

퍼걱거리며 두 괴물이 쪼개졌다.

묻지도, 따지지도 않는 공격이 계속 이어졌다.

찡―!

귓불이 따끔한 느낌에 루산이 몸을 돌려 화살을 쏘았다.

턱 하며 누군가의 손아귀에 잡혀 들어가는 화살.

멈추지 않을 것만 같던 전투가 잠시 진정되었다.

사사삭.

몇 마리의 괴물들이 빠르게 루산을 포위했다.

하지만 그의 시선을 잡은 이는 따로 있었다.

조금 전, 쏘아 낸 화살을 잡고 무심히 루산을 바라보는
자.

짙은 암색으로 물들인, 본 적 없는 경갑을 걸친 깡마른
인간.

그가 루산에게 말을 걸어왔다.

"함께 가시겠습니까?"

"뭐라고?"

로슈르 어가 아니다. 이것은 분명 루산이 떠나온 고향,
바무스 파낙툴의 공용어.

놀라고 자시고 할 필요도 없었다.

저들의 존재나 등장부터가 소설 속 몽상과 같았으니까.

"원한다면 자비를 드리지요. 본래의 자리로 돌아올 수 있는."

"신기하네. 우리말을 어찌 알고."

"선택하십시오."

루산이 들었던 크로스 보우를 내려 허리에 걸었다.

"이건 뭐, 이유도 안 알려 주고 죽일 듯 공격해 오더니 또 황당하게 선택을 제안하는군. 허."

"우린 상관없습니다. 당신에게 한 번의 기회를 허락한 분은 따로 계시니."

"……"

"만약 그분이 주신 기회를 수락한다면 후에 우리의 목숨으로 오늘의 무례를 사죄하지요."

"목숨이라……."

대충 태도를 보아하니 목숨 따위는 가볍게 여기는 그런 종자인 듯했다. 아니면 뭔가 다른 꿍꿍이가 있거나.

루산의 눈이 가늘어졌다. 그 모습은 마치 깊은 고민에 빠진 것처럼 보인다.

루산이 등에 걸친 롱 보우를 풀었다. 이대로 놓기만 하면 저들의 말에 따르겠다는 뜻.

팍!

반대쪽 손으로 마지막 남은 긴 화살 다섯 개를 잡아 땅바닥에 던지듯 뿌렸다.

"죽을 때, 많이 아프겠지?"

"죽어 본 적이 있어 하는 말이지만, 상당히 고통스럽더군요."

"킥킥킥킥."

루산은 롱 보우의 위쪽 끝을 잡고 아래쪽 끝을 툭 땅에 내렸다.

"나 원 참. 밖에 나오면 미친 것들이 우글거릴 거라 생각은 했지만…… 이런 개 황당한 경우도 있네."

누가 보더라도 전투를 포기한 것 같은 행동을 하며 루산이 중얼거렸다.

적들의 경계심이 약해졌다. 그리고 루산은 그 순간을 놓치지 않았다.

휙!

갑자기 루산이 바닥에 닿을 듯 엎드렸다.

적들도 빠르게 정신을 차리고 루산을 향해 동시에 병기를 내려찍었다.

빠드드득.

루산의 몸 주변에 원형으로 불투명한 얼음막이 생성되었다.

적들의 공격은 그것에 막혀 한 차례 튕겨 나갔다.

챙!

스스로 방어막을 깨고 일어선 루산.

롱 보우에 화살 다섯 개를 한꺼번에 걸어, 힘껏 당긴 상태였다.

"꺼져."

팅!

하늘 높이 화살 다섯 개가 쏘아져 올라갔다. 그리고 잠시 후, 그것들은 순간적으로 폭발해 버린다.

화살의 파편들이 땅으로 우수수 떨어졌고, 곧 그것들은 미세하게 빛을 발하기 시작했다.

좌앙!

적들이 당황할 사이도 없이 루산은 단도를 뽑아 앞쪽으로 뛰었다. 자신에게 말을 걸었던 괴인을 향해서.

스걱.

놈의 목이 깔끔하게 잘려 멀리 떨어진 곳으로 날아갔다.

탓! 탓탓탓!

바닥에 착지하자마자 루산이 전력을 다해 뛰었다.

그리고 잠깐 멍해 있던 괴물들이 루산을 뒤쫓으려는 순간.

빠드드드득.

괴물들은 땅바닥의 파편들이 일순 강한 빛을 발한 뒤, 그
것들을 중심으로 대기가 급격히 얼어 버리는 것을 보았다.

루산이 사라지고 꽤 많은 시간이 지났다.

얼어붙은 공간 속에 괴물들은 죽은 채로 굳어 있었고, 그
안에는 목이 잘려 넘어진 시체도 함께 있었다.

그러나 그 머리통은 차가운 바람만 가득한 외부에서 흔
들거린다.

번쩍.

감겨 있던 눈이 떠졌다.

규칙 없이 돌아가던 눈동자가 제자리로 돌아오고 난 뒤,
몇 번 입을 벙긋거린다.

그리고 잠시 후, 절단된 단면에서 지네의 다리 같은 촉수
들이 기어 나와 꾸물대기 시작했다.

재생을 시도하는 것이 분명했다. 또한 그 속도가 무척 빠
르다.

슈우우우—

10분도 채 지나지 않았건만 놈은 벌써 완전한 신체를 갖
추고 일어섰다.

데스 라이더.

고시대 최강의 마검사 헤싸카를 섬겼던, 아니, 지금도 섬기고 있는 마법의 창조물들.

괴인의 정체는 죽음의 상징과도 같은 데스 라이더였다.

우둑, 우두둑.

새로이 재생한 몸을 몇 번 비틀어 이상이 없음을 확인한 데스 라이더는 루산이 사라진 방향으로 시선을 돌렸다.

"……그 눈빛. 예전과 똑같군."

그는 아주 짧은 순간, 루산이 단도로 자신의 목을 쳐 올 때 순간적으로 몸이 굳어 버렸다.

루산의 눈.

오래전, 그가 존경하면서도 두려워했던 고대용의 그것이었기 때문이다.

"자리를 잡아 가고 있는 것인가. 저분들은 이미 위대한 제렌 디스의 예측을 넘어서 버렸구나."

삐이익—!

데스 라이더가 휘파람을 불었다.

그러자 땅이 갈라지며 한 마리 말이 튀어나온다.

몸 전체가 썩어 회색의 뼈와 검붉은 내장이 그대로 드러난 말은 허연 입김을 뿜으며 데스 라이더 앞에 선다.

훌쩍 말에 올라탄 그가 루산의 뒤를 추적하며 다시 길게 휘파람을 불었다.

그리고 얼마 지나지 않아 어디선가 모여들기 시작한 괴
물들이 그의 뒤를 따른다.

*　　*　　*

나이트는 살아 있을 당시 스타비챠들의 조력을 거부했었
다.

그가 사라진 지 1년이 넘었지만 그 뜻을 존중한 퍼펙트
그레이는 다른 실력자나 스타비챠들에게 루산을 지켜보라
는 지시를 내리지 않았다.

오로지 포트 노틀의 사령관 얀 하스에게 루산의 모든 것
을 맡기고 한 발짝 물러선 것이다.

그 말은 결국 지금 이 순간, 루산은 누구의 도움도 받지
못하는 처지가 되었다는 것을 뜻한다.

길고 지루한 전투가 계속되었다.

화살이 동난 지가 벌써 3일이 지났고, 그때그때 적당한
나뭇가지를 갈아 임시로 사용하는 것도 한계가 있었다.

신체 내부에서 꿈틀거리는 격한 힘을 끊임없이 사용해
위기를 모면하곤 했지만, 육체의 피로와 상처는 확실히 루
산의 저항력과 의지를 소모시켜만 갔다.

활을 전문적으로 사용하는 사냥꾼의 '역할'은 분명 이러한 전투에서 이로운 점이 거의 없다.

점점 조여 오는 적들의 포위망.

몇 번이나 죽었으나 다시 나타나는 경갑의 괴안—데스 라이더—과 냄새 나는 손톱을 들이대는 괴물들.

또 조금이라도 쉴 만하면, 땅을 가르고 썩은 말이 나타나 소리를 질러 루산의 위치를 알린다.

"아악!"

날이 무뎌져 버린 단도로 한 괴물의 목줄기를 간신히 썰어 낸 순간 루산은 왼손가락들에 극심한 통증을 느끼고 비명을 토했다.

엄지를 제외한 나머지 네 개가 잘려 바닥에서 꿈틀거렸다.

"흑, 후욱……. 후욱……."

눈이 쌓인 곳에 왼손을 찔러 넣고 고통을 인내하는 루산.

그의 뒤편으로 또다시 적들이 등장했다.

"쌍! 진짜 이유라도 알자고!"

휘익 몸을 돌리는 루산의 얼굴이 귀신처럼 일그러져 있다.

"……이유?"

놈이다. 경갑을 입은 괴인, 아니…… 진짜 죽지 않는 괴물.

"설명 드린다고 해도 당신은 이해하지 못합니다. 말씀드렸다시피 선택만이 있지요."

"안 가! 안 간다고! 왜 날 못 괴롭혀서 안달이냐고!"

미친 듯 소리치는 루산이었지만 속은 차갑게 식어 있었다.

어찌해야 할까.

내장을 휘감고 도는 미지의 냉기는 어서 밖으로 꺼내 달라고 비명을 질러 대건만, 이 육체는 그것을 만족시켜 주지 못한다.

쿵쾅! 쿵쾅!

'끅!'

어느 순간부터 갈비뼈 안쪽에서 가죽을 두드리는 소리가 두 귀에 너무나도 선명하게 들렸다.

마치 무언가가 가슴을 뚫고 나오려는 것처럼.

으득.

이를 강하게 물고 루산이 일어났다.

"……이게 다야?"

데스 라이더를 포함해 눈앞의 적은 약 삼십.

"우린 어디에나 있습니다. 이 땅에 바퀴벌레처럼 우글거리는 것이 인간이니까요."

"호오, 저 징그러운 괴물들도 원래는 이 지역의 인간이었다?"

데스 라이더는 대답 대신 차갑게 웃었다.

"정말로 마지막으로 묻습니다. 따라오시렵니까."

"싫어, 미친놈아."

루산이 적들을 향해 큰 동작으로 손을 휘둘렀다.

넓게 퍼진 작은 눈 알갱이들 하나하나가 날카로운 송곳이 되어 날아갔다.

하지만 충분히 대비했던 덕분인지 데스 라이더를 포함해 대부분은 그 범위를 벗어났다.

루산은 이미 삶을 포기했다.

어떻게든 남쪽의 포트 노틀로 돌아가려 했지만, 적들은 그것을 용납하지 않았다.

이대로 죽어야 한다면 저 얄미운 불사의 괴물을 한 번이라도 더 찔러야겠다는 생각만이 남았다.

핏! 핏!

몸 여기저기에서 피가 튀었다. 하지만 루산은 끝까지 데스 라이더의 목을 노렸다.

등짝이 길게 갈라져 더운 김과 핏물을 왈칵 쏟아 냈고, 엉덩이는 뼈가 드러날 정도로 살이 떨어져 나갔다.

팍!

루산이 단도로 놈의 쇄골 부분을 찔렀다.

엄지만 남은 왼손으로 놈의 머리통을 꽉 잡고, 찔러 넣었던 단도로 무 썰 듯 데스 라이더의 모가지를 잘라 갔다.

뜨끔.

허리 쪽이 잠깐 따뜻해지는가 싶더니 몸안의 뭔가가 후두둑 소리를 내며 떨어졌다.

"으아아악!"

하체가 잘려 나갔다. 보지 않아도 알 수 있었다.

펑!

데스 라이더가 루산의 가슴팍을 강하게 내질러 멀리 날려 보냈다.

길게 뿌려지는 핏물과 덜렁거리는 창자는 루산의 목숨이 곧 끊어질 것이라는 사실을 대변해주었다.

몇 번 바닥을 구른 루산의 상체는 침엽수 둥치에 닿아서야 멈춘다.

"질긴 생명력입니다. 과연……."

다가오며 말하는 데스 라이더.

단도가 꽂힌 채, 갈라져 있던 목의 상처가 서서히 회복되고 있었다.

"유언이라도 남기시겠습니까? 나중에 다시 태어나셨을

때, 그대로 말씀드리지요."

덜썩, 덜썩.

순간 데스 라이더의 안면에 의혹이 맺혔다.

저런 움직임은 단순히 극심한 고통과 죽음의 공포에 시달리는 불행한 육체의 반사 작용이 아니었다. 뭔가 다른 것이 루산의 몸뚱이를 격하게 흔드는 것만 같다.

"크어…… 케엑!"

입으로 대량의 핏덩어리를 토해 내며 오른손으로 끊임없이 가슴을 쥐어뜯는 루산.

툭, 투두둑.

생가죽이 찢어지고 근육의 줄기들이 하나하나 끊어져 나가는 소리가 정말로 소름끼친다.

미친 듯 괴성을 지르며 루산의 하체와 흘러내린 내장들을 뜯어먹던 괴물들도 그 소리에 반응해 루산 쪽으로 시선을 돌렸다.

치이이이—

조각난 갈비뼈들이 선명하게 보일 정도로 가슴을 뜯어 버린 루산.

목이 시작되는 부분 아래에 하얗게 빛나는 덩어리가 꿈틀거린다.

순간 데스 라이더가 놀라 소리쳤다.

"드래곤 하트! 설마, 벌써?"

찡—!

루산의 눈동자가 사라지며 강렬한 빛이 발생했다.

그리고.

데스 라이더가 드래곤 하트라고 불렀던 하얀 물체에서 막강한 기운이 터져 나왔다.

쿠아아아아아!

끝없이 뻗어 나갈 것만 같은 지독한 냉기가 직선을 만들며 적들을 강타했다.

*　　*　　*

'나…… 죽은 건가.'

아무런 소리도, 고통도, 숨 쉬고 있다는 자각마저 없었다.

기분은 홀가분해져서 좋기는 하지만 묘한 아쉬움이 올라왔다.

눈앞에서 하얗게 얼어붙은 채 터져 버리는 물체들도 지금 루산에게는 어떠한 감흥도 주지 못했다.

그냥 타인의 일상을 무심히 바라보는 느낌이랄까.

멀리서 땅을 뚫고 올라오는 백이 넘는 검은 괴물들이 보였다.

또 괴상하게 일그러진 말들을 타고 달려오는 괴인들도.

이제는 그냥 남의 일이다.

빨리 이 귀찮은 세상에서 떠나고만 싶어질 뿐.

—멍청아.

'응.'

누군가 눈을 감아 버린 자신에게 말을 걸어왔다.

—포기가 빨라서 좋구나, 넌. 어째 변한 게 하나도 없어.

'무슨 말인지는 모르겠지만 칭찬 맞지?'

—네 심장, 이제 그만 날뛰라고 해.

'심장이 뭐?'

—헤헤.

'왜 웃어?'

—헤헤, 헤헤헤헤헤.

기이한 음성은 길게 웃음소리를 남기며 천천히 멀어져 갔다.

그리고 눈앞에서 환한 빛이 터졌다.

콰아앙!

'어?'

뭔가가 자신을 향해 어마어마한 공격을 퍼부었다.

시야가 흔들리고, 공격을 받을 때마다 다리가 후들거린다.

쾅! 콰앙!

폭발음은 계속 이어졌다.

잠시 후, 흐릿했던 정면이 서서히 보이기 시작했다.

'아!'

루산은 갑자기 눈물이 쏟아질 것 같았다.

그러나 이상하게도 느낌만 있을 뿐, 눈물이 흐르지는 않았다.

아주 멀리, 당당하게 위용을 뽐내는 거대한 산은 싸크비스의 레어라 불리는 곳.

그 너머에 펼쳐진 푸른 하늘.

그리고.

더 가까이에 보이는, 높이 솟은 사각형의 건물들이 밀집해 있는 마을.

사랑하는 가족들과 친구들이 살고, 100만이 넘는 부족 인구가 거주했던 곳.

'탈로움……. 내 고향.'

루산이 본 것은 떠도는 대륙, 바무스 파낙툴의 최대 도시 탈로움이었다.

"서리그란."

'아, 안 돼!'

자신의 음성이 아닌, 하지만 분명 자신의 입에서 나온 웅장한 외침.

그것을 듣자마자 루산이 안타까움에 몸부림쳤다.

슈우우웃!

뭔가가 자신의 입으로 세차게 빨려 들어왔다.

그것은 그저 공기일 수도, 여기저기 날리는 파괴의 불똥과 먼지일 수도 있었다.

그것들도 아니라면…… 영원한 자연의 힘.

지고한 고대용에게 창조의 힘을 보태 주는.

쿠아아아!

장대한 얼음 폭풍이 길게 여운을 남기며 탈로움을 쓸고 지나갔다.

도시의 일부가 산산이 부서져 허공으로 떠올랐다.

그제야 루산은 아래를 보았다.

수십 개가 일렬로 진을 친 사각형의 쇳덩어리들. 그 위에 얹힌, 화살 같이 긴 물건에서 폭음과 함께 콩알들이 날아온다.

그 옆에 잔뜩 늘어선 채, 막대기 같은 무기를 들고 자신에게 겨누고 있는 인간들.

그것들은 너무나도 작게만 보였다.

그들로부터 날아온 무언가가 루산에게 닿아 큰 폭발을

일으켜 작은 상처들을 만든다.

"드와카."

쩌저정!

눈앞에 거대한 얼음벽이 생성되었다.

난쟁이들의 공격은 거기에 막혀 허무하게 흩어졌다.

쿵!

루산이 한 걸음 전진하며 얼음벽을 밀었다.

난쟁이들이 자신들에게로 넘어지는 엄청난 크기의 벽을 보며 비명을 지른다.

콰아앙!

먼지를 피어올리며 얼음벽이 완전히 넘어갔다.

수백이 넘는 난쟁이들이 압사했고, 그들이 끌고 온 쇳덩어리들이 그 안에서 폭발을 일으켰다.

공중에서 철로 만든 새가 나타났다. 그 크기 역시 무척이나 작았다.

놈들도 루산의 상대가 될 수 없었다.

몇 번 작고 길쭉한 물체들을 떨어뜨렸으나 허공에 나타난 얼음벽에 가로막혀 스스로 터져 버린다.

쒜에에에엑!

루산의 공격에 새들 대부분이 박살 나고 곧 남은 새들이 멀리 사라졌다.

쿵! 쿵!

루산은 거침없이 걸었다.

분명 그 목표는 거대도시 탈로움.

루산은 끊임없이 안 된다고 소리쳤으나 그것은 공허할 따름이었다.

그때였다.

탈로움 외곽에서 육중한 무언가가 서서히 솟아올랐다.

윙— 윙—

묘한 소리를 내며 완전히 모습을 갖춘 그것들.

지금 루산의 눈높이와 맞먹는 크기를 가진 인간.

하지만 저들에게서 기름 냄새가 물씬 풍기는 이유는 무얼까.

'오, 오오!'

루산은 저들의 정체가 뭔지 깨달았다.

바무스 파낙툴의 수호자 싸크비스가 창조한 다섯 기의 골렘.

대륙이 멸망에 처할 위기가 아니라면 나타나지 않는다는 궁극의 인간형 병기.

저들이 등장했다는 것은…….

루산 바로 자신이 그 멸망의 시발점이란 말인가.

쿵! 쿵!

그들이 다가온다.

그리고 잠시 후, 산 너머 솟아 있는 태양을 등지고 그가
나타났다.

루산에 비해 작지만, 무시할 수 없는 힘을 가진 회색의
드래곤.

웅장하게 펄럭거리는 날개 뒤로 하얀 눈의 결정을 흩뿌
리며 날아온 싸크비스.

어느새 파괴에 취해 버린 루산은 그들을 보며 호탕하게
웃었다.

전투는 길고 지루했다.

다섯의 강력한 골렘과 싸크비스에 맞서 싸우는 루산은
그 자체로도 정말 대단하다고 하지 않을 수 없었다.

하지만 최대한 도시와 멀리 떨어진 곳으로 루산을 유인
한 뒤부터 그들은 더욱 막강한 능력을 드러내었다.

빠르게 재생한다고는 하나, 몸 전체에 큰 상처가 끊임없
이 생겼다.

하지만 떨어져 나간 팔은 곧 두 개, 세 개로 늘어나며 골
렘들을 괴롭혔다.

루산이 외치는 말 한 마디, 한 마디 속에 스민 무한한 힘
은 싸크비스의 방어력을 점점 떨어뜨리며 골렘들의 공격력

을 약화시켰다.

하지만 그와 더불어 루산도 점점 힘이 빠졌다.

"드와카."

쨍!

공기를 찢으며 다가온 골렘의 주먹이 얼음벽을 뚫었다.

"크에엑!"

목이 시작되는 부분을 직격당한 루산이 괴성을 질렀다.

이번 공격은 루산에게 심각한 상처를 남겼다.

방금 공격당한 곳은 바로 드래곤 하트가 위치한 부위.

순간적으로 힘이 빠져 버린 루산은 몇 걸음을 훌쩍 밀려
났다.

푸쉬! 푹! 푸푸푸푹…… 부아아앙!

골렘이 다시 주먹을 뒤쪽으로 당겼다.

놈의 팔꿈치 관절 부분이 털털 흔들리며 뒤쪽으로 검은
연기를 세차게 뿜어냈다.

슈우우우!

너무나도 거대한 크기였기에 언뜻 느리게 보였지만 골렘
의 주먹은 날아가는 새보다도, 폭우에 불어난 강물보다도
빨랐다.

쾅!

으지직.

비명을 지를 수도 없었다.

이 최후의 한 방에 드래곤 하트에 금이 갔다.

처벅, 처벅.

대기는 온화했고 싸움의 흔적으로 인해 사방이 불에 타서 추운 날씨는 아니었다.

그러나 루산은 지금 극심한 추위를 느꼈다.

덜덜덜.

떨고 있는 루산에게 다가오는 누군가가 있었다.

인간의 형상으로 돌아온 싸크비스.

그와 눈높이가 얼추 맞는 것을 보니 루산도 다시 작아진 것이 틀림없다.

"쿨럭!"

거칠게 뱉어 내는 핏물 속에 누런 살덩어리가 함께 흘러나왔다.

"언제였습니까."

"……."

"불완전한 당신을…… 그를 만났나요?"

"흐으, 흐으……."

루산이 손을 뻗어 싸크비스를 움켜쥐고자 했다.

두 눈에 비친 자신의 손.

그것은 평범한 인간의 것이 아니었다.

길게 난 손톱. 피부에 돋은 연하늘색 비늘. 그리고 그 비늘들은 살아 움직이며 호흡한다.

혹시 이 모습이 전설에 나오는 고대용의 '중간체'일까.

"할 수 없군요. 결국 예언을 되돌리거나 파괴하는 역할은 제 몫이 될 것 같습니다. 이것도…… 그가, 화염의 주인이 바라던 것일까요."

크긍.

루산을 때려눕혔던 골렘이 살짝 흔들렸다. 마치 그러지 말라는 듯.

싸크비스는 고개를 돌려 그 골렘을 향해 엄한 눈길을 보낸 뒤 다시 루산에게 시선을 준다.

"왜 웃습니까."

내가 웃고 있다고?

"당신을 시작으로 다른 네 명의 불완전체들도 제가 지울 겁니다. 그렇게 함으로써 아버지, 제르 호바의 현신을 늦출 수 있을 테지요."

"싸크비스……."

또 루산의 의지와 상관없이 입에서 흘러나오는 말.

"이제 기억났도다."

"……?"

"그분께서 내게 주신, 멸망을 향한 의지."

"설마……."

싸크비스가 눈에 띄게 당황했다.

"크크크크크크크."

화아아악!

싸크비스가 다시 드래곤의 모습으로 돌아가 하늘로 떠올랐다.

그리고 그 큰 입을 벌려 루산에게 블래스트를 쏘아 보내기 위해 힘을 모은다.

"무즈……."

'싫어! 하지 마!'

루산이 애타게 '자신'에게 외쳤다.

'안 돼! 그러지 마!'

콰아아아아아!

시릴 듯 투명한 블래스트가 허공에서 직선으로 루산에게 쏟아졌다.

쩌저저적!

온몸이 급속도로 얼어붙었다. 세포 하나하나까지 얼려버리는 절대 영도의 폭풍.

그러나 한 발 늦었다.

"아퀼레."

탈로움의, 아니, 바무스 파낙툴의 멸망이 시작되었다.

*　　*　　*

확실히 기억나는 건, 정신을 차린 뒤 반파된 골렘의 심장
에서 아버지가 걸어 나오는 모습이었다.

다른 네 기의 골렘은 형체도 알아볼 수 없을 만큼 뭉개져
있었고, 싸크비스는 보이지 않았다.

한쪽 팔을 잃은 아버지는 무너져 가는 세상을 등 뒤로 하
고 남은 팔로 루산을 안은 채 무작정 달렸다.

그렇게 며칠을 달리고 또 달렸다.

아마 아버지와 루산이 지나온 곳은 서서히 멸망의 그늘
속으로 잠겼을 것이다.

바다가 보이는 해안에 이르자 그동안 보이지 않았던 싸
크비스가 나타났다.

그는 아버지와 긴 시간 대화를 나누었다.

구걸하듯 싸크비스에게 애원하는 아버지. 그리고 멍하니
그것을 지켜보는 루산.

잠시 후, 대화를 마치고 다가오는 아버지의 입가에 환한

웃음이 걸렸다.

'왜 내게 이런 기억을 떠올리게 하는 거지?'

―네 삶을 소중히 여기라는 의미야. 수없이 많은 이들의 목숨, 넌 그에 책임을 가지고 살아야 했어. 앞으로는 함부로 죽겠다는 마음, 먹지 마.

생생하던 과거의 환영들이 사라지고 루산은 어둠 속에 홀로 섰다. 그리고 처음 들었던 미지의 음성에게 묻는다.

'너 같으면! 저런 괴물들의 공격에서 버틸 수 있었겠어?'

―왜 불가능하다고 생각하지? 네겐 그럴 만한 힘이 있는데.

'그럴 리가…….'

―넌 늘 오만했지. 상대를 깔보고 모든 일에 최선을 다하지 않았어. 예전에도 그랬고, 지금도. 이후에 다가올 세상은 그러한 나태함으로는 헤쳐 나가기 힘들 거야.

'무슨 말인지 모르겠다……. 넌 누구?'

―친구. 히히히.

'나 이제 어떡하지?'

―떠올려 봐. 멸망이라 이름 붙여졌지만 어쩌면 구원이 될 수도 있는 외침을.

'……몰라.'

루산은 상대를 외면하고 싶어 고개를 숙였다.

순간 환하면서도 칙칙한 빛이 정면에서 강하게 발현되었다.

눈을 가늘게 뜨고 그것을 지켜보는 루산.

그 안에는 작은 몸집을 가진 '친구'가 있었다.

등 뒤로 날개처럼 하늘거리는 검은 기류를 뿜어내는.

―다시 만났을 때는 조금 더 신중한 루산이 되어 있기를 바랄게.

'야! 야!'

슈아아앗!

갑자기 루산의 의식이 어디론가 빨려 가듯 빛에서부터 급속히 멀어졌다.

"놀랍군."

뚝. 뚝.

루산은 차갑게 울리는, 익숙한 음성에 눈을 떴다.

하체가 잘려 나가고, 가슴이 완전히 개방되어 뼈와 내장이 드러난 모습은 그대로였다.

이 상태로 살아 있다는 것은 기적이라 말하기도 부끄러울 정도로 비현실적이었다.

피로 얼룩진 루산의 눈에 비친 광경은 예의 괴물들과 몇 십으로 늘어난 데스 라이더들이었다.

"당신의 드래곤 하트도 이제 힘을 다한 듯합니다. 한데,
이 놀라운 생명력이란……."

루산은 천천히 손을 들어 데스 라이더를 가리켰다.

까딱, 까딱.

가까이 다가오라는 뜻.

잠시 머뭇거리던 그는 루산의 '명령'에 따라 고개를 숙
이고 얼굴을 가져갔다.

"……이야"

"예?"

루산이 중얼거린 말을 제대로 알아듣지 못해 의문을 표
하는 데스 라이더.

"너흰……. 죽은 목숨이라고."

순간 창백해진 얼굴로 데스 라이더가 뒤쪽으로 펄쩍 뛰
었다.

이 영악한 드래곤의 화신이 또 무슨 공격을 가하려고 이
러나 싶었기 때문이다.

"흐흐, 크크크, 캬하하하하하!"

마지막으로 숨을 들이마신 뒤 크게 웃어 젖히는 루산.

'뭐였더라.'

기억이 가물가물했다.

"무…… 즈."

"죽여!"

데스 라이더의 외침에 괴물들이 일제히 루산을 향해 뛰어간다.

'뭐였더라.'

머릿속에서는 아무것도 떠오르지 않았다.

그러나 그 입으로는 하나의 단어를 말한다.

고향 땅을 멸망시켰던 저주받은 용언을.

"아퀼레."

그긍.

루산을 중심으로 방사형으로 퍼지는 묘한 냉기.

달려오던 괴물들도, 한 걸음 물러났던 데스 라이더들도.

찰나의 순간 냉기에 갇혀 버렸다.

"하하하하하! 우앗하하하하하하!"

외부에서 안을 볼 수 없게 만드는 흐릿한 무언가가 끝없이 퍼지는 가운데 루산의 웃음소리만이 메아리쳤다.

'정말 끔찍하네.'

하루가 지난 지금, 루산은 자신이 어디 있는지도 모른 채 상체만 남은 몸으로 숨을 쉬고 있었다.

'이건 내 책임이 아니라고. 친구.'

애써 자신의 죽음에 관해 책임을 회피하려는 루산이었다.

루산은 잠이 와서 미칠 지경이었다.

이대로 의식을 놓는다면 그야말로 끝이다.

그러나 이런 상태로 살아갈 수 없다는 사실도 잘 안다.

죽음은 기정사실이었다.

자신이 느낀 환상은 그냥 죽음을 받아들이기 싫었던 무의식의 발현일 것이다.

어떻게 남은 괴물들을 물리쳤는지 전혀 떠오르지 않았다.

그냥 이 모든 것들이 귀찮아진다.

"잘 있어라."

루산은 마음을 편히 먹고 눈을 감았다.

이 위험한 땅에 자신을 두고 사라져 버린 아버지.

또다시 그에게 원망이라는 감정이 든다.

어디선가 잘 먹고, 잘 살고 있겠지. 고향…… 이려나?

아, 거긴 이제 아무도 없지. 내가 지워 버렸으니까.

내가? 지워? 왜 이런 생각을…….

"너였구나."

어디선가 고운 여인의 목소리가 귀를 간질였다.

이미 죽음의 문턱을 넘어 몇 걸음을 걸어 버린 루산이건만 이상하게 이 목소리만큼은 선명하게 울렸다.

"이런 모습을 하고……. 얼마나 아팠을까."

'자꾸 말 걸지 말고, 그냥 가게 놔둬.'

남아 있는 감각이 있을 수 없는 상태였지만, 여인이 자신의 뺨을 쓰다듬자 미세한 감촉이 느껴졌다.

그 상태로 약간의 시간이 흘렀다.

그리고.

"익스 엘칸타스."

여인의 입에서 미지의 단어가 흘러나온 순간, 루산은 뒷덜미를 강하게 잡아당기는 기이한 느낌과 함께 빛을 보았다.

*　　　*　　　*

다그닥, 다그닥.

약간의 진동과 시끄러운 말발굽 소리에 인상을 찌푸리며 루산이 깨어났다.

'여기는 마차 안이로군.'

눈을 비비며 바라본 정면에는 두 사람이 있었다.

얇은 원피스 위에 반팔 외출복을 입고 베일을 쓴 여성 한 명과, 철제 투구를 쓰고 번쩍거리는 갑옷을 단단히 조여 걸친 또 다른 여성.

루산은 반사적으로 자신의 몸을 내려다보았다.

제일 먼저 두 다리가 보였다. 그것도 멀쩡히 움직이는.

그 다음에 가슴을 더듬자 따뜻한 피부의 감촉이 선명했다.

왼손의 손가락들도 제자리에 붙어 있다. 얼굴에 가득했던 상처들도 사라졌다.

잠깐 의문이 일었지만 루산은 이내 한숨을 쉬었다.

"악몽…… 이었을까."

루산의 중얼거림을 들은 갑옷의 여성이 핀잔을 주듯 입을 열었다.

"대낮부터 얼어 죽으려고 작정이라도 했나요. 알몸으로 그늘진 숲에 쓰러져 있었으니."

"제가요?"

"여기, 문 레이디께서 당신을 발견하지 못했다면 들짐승들의 밥이 되었을 거예요."

"문 레이디……."

베일을 쓴 여성을 가리키는 듯했다.

코까지 가려져 아름다운 입술만 간신히 보이는 문 레이디라는 여인이 얼어 죽기 직전의 자신을 발견해 여기에 태웠다는 말이었다.

"감사의 인사라도 좀 하죠?"

"아, 예, 예."

루산이 문 레이디에게 고개를 숙이며 그녀의 자비로움에 감사를 표했다.

잠시 그녀의 향기에 아찔해진 루산은 붉어진 얼굴을 옆으로 돌렸다.

왜 갑자기 이런 묘한 감정이 생기는지 알 수 없었지만 일단 생각을 정리할 필요를 느끼고 서둘러 머릿속을 차갑게 식혔다.

"어디로 가는 중이신가요?"

"저흰 수도 라로시르로 갑니다만. 그쪽은요?"

"아아, 저도요."

"쳇."

퉁명스러운 갑옷 여인과 달리 문 레이디는 조용히 미소만 짓는다.

"이왕 신세진 김에 부탁 하나만 드려도 될까요?"

"싫은데요."

"이런 모습으로 돌아다닐 순 없잖아요."

루산이 몸을 덮고 있는 담요를 펄럭거리며 웃는다.

건장한 남성의 알몸이 그대로 드러나려는 순간, 갑옷 여인이 진저리를 치며 손을 내저었다.

"제가 알기론 근처에 꽤 큰 마을이 있어요. 거기서 옷도 좀 사고 몇 가지 물품들도 구매할게요."

"콩, 어떤 물품들 말이지요? 아까 그쪽을 데려오면서 찢어진 옷가지랑 피에 젖은 가방 하나는 수거해 두었는데요."

분명 격전의 흔적을 발견했을 텐데도 태연하게 말하는 갑옷 여인이 왠지 수상하다.

"쓸 만한 활이랑 화살이 좀 필요해서요."

"왜죠?"

갑옷 여인이 계속 물어옴에도 루산은 귀찮다는 표정 하나 없다.

"전, 사냥꾼이거든요."

해맑게 웃으며 말하는 루산을 바라보는 베일의 여인도 입가에 부드러운 미소를 띠웠다.

〈『라 자린』 제4권에서 계속〉

도서출판 뿔미디어 홈페이지 OPEN*!!*

안녕하세요.
지금껏 저희 뿔미디어를 응원해 주신
독자님들의 성원에 힘입어
이번에 새롭게 홈페이지를 오픈하였습니다.

저희 뿔미디어는 홈페이지에서 독자님들께서
보다 빠른 출간 소식과 미리보기 등
알찬 내용을 제공하기 위해 많은 노력을 기울였습니다.
또한 독자님들에게 도서 할인, 이벤트 등
다양한 혜택을 제공하고자 합니다.

저희 뿔미디어 홈페이지 오픈을 계기로
한층 더 독자님들과 가까워질 수 있는 기회가 되었으면 합니다.

보다 많은 관심과 사랑 부탁드리며,
앞으로도 더 좋은 컨텐츠 제공에 힘쓰도록 하겠습니다.

감사합니다.

-도서출판 뿔미디어 올림-

 www.bbulmedia.com